民间书信里的中华美德 · 永不消逝的爱 · 张乐天主编

灰色的爱 争吵

GREY LOVE : QUARREL

张乐天◉编

"路遥知马力，日久见人心"，婚后不到两年……生了孩子……生孩子本该给生活增加乐趣……我尽量不让自己去想，想绝了，有时我真想离开这个世界，还需要多少遥远的路程……我才能识别马的好坏啊？！才能看破人心呢？

天津出版传媒集团

天津人民出版社

图书在版编目（CIP）数据

灰色的爱：争吵 / 张乐天编. -- 天津：天津人民
出版社, 2017.3
（民间书信里的中华美德 / 张乐天主编. 永不消逝
的爱）

ISBN 978-7-201-11563-4

Ⅰ.①灰… Ⅱ.①张… Ⅲ.①书信集－中国－当代
Ⅳ.①I267.5

中国版本图书馆 CIP 数据核字（2017）第 068652 号

灰色的爱：争吵
HUISE DE AI ZHENGCHAO

出　　版	天津人民出版社
出 版 人	黄　沛
地　　址	天津市和平区西康路35号康岳大厦
邮政编码	300051
邮购电话	（022）23332469
网　　址	http://www.tjrmcbs.com
电子信箱	tjrmcbs@126.com
策划编辑	王　康
责任编辑	郑　玥
特约编辑	王　倩
装帧设计	明轩文化
印　　刷	天津新华二印刷有限公司
经　　销	新华书店
开　　本	880×1230毫米　1/32
印　　张	8.375
插　　页	2
字　　数	60千字
版次印次	2017年3月第1版　2017年3月第1次印刷
定　　价	29.00元

出 版 说 明

　　"民间书信里的中华美德"是复旦大学当代中国社会生活资料中心与我社合作出版的一套丛书，"永不消逝的爱"系列作为此套丛书的开篇之作，所有参编的复旦学人和出版社同仁对此都倾注了极大的热情。

　　"永不消逝的爱"系列包含五本，分别为《蓝色的爱：真诚》《粉红色的爱：浪漫》《橙色的爱：细节》《灰色的爱：争吵》《玫瑰色的爱：激情》。这五本书分别由六组民间书信构成（其中《橙色的爱：细节》收录了两组书信），书信往来的主人公均为夫妻，在通信条件极为受限的情况下，他们通过书信沟通生活近况、倾诉爱慕之情、排解相思之苦。

　　这些书信内容是复旦大学当代中国社会生活资料中心张乐天教授收集、整理的，并由该中心工作人员制成电子文本提供给我社。我们在编辑的过程中，根据书稿内容进行了下列处理，先告知广大读者，以便更好地阅读此书。

1.书中的"*"表示在该篇书信的最后会配有对应的图片。

2.考虑到有些书信语言具有地方特色或时代背景，编辑就此添加了注释，以便于读者理解或延伸阅读。

3.由于很多书信时间不详，我们根据书信内容进行了推理，并按照时间顺序进行排列。当个别信件时间不详也难以推测时，我们用××表示信件的日期。

在此，感谢复旦大学当代中国社会生活资料中心的老师们提供书稿、张乐天教授的全程配合、华东师范大学杨奎松教授的关心与指点。这是在大家的全力配合下，"民间书信里的中华美德·永不消逝的爱"系列才得以最终呈现给广大读者。我们希望通过这种形式，让对那些年代仍有记忆的人们借此抚今追昔，让年轻一代了解长辈们的生活经历，同时也唤起人们对当下美好生活的向往与珍惜。

"爱"是人类永恒的主题，也是本丛书所要体现的主旨，在平凡的书信中，"爱"同样被展现得淋漓尽致。"民间书信里的中华美德"其他系列也将陆续面世，敬请广大读者继续关注与支持。当然，我们的工作难免有疏漏之处，欢迎读者批评指正，也请不吝赐教。

序

茫茫苍穹，漫漫岁月，在亿万可能与不可能的奇妙交织中，地球上神秘地孕育了最美丽、智慧的生灵人类。人类是宇宙中最幸运的存在。相辅相成，人类却一开始就似乎与苦难同在。战争、杀戮、灾害几乎成为创世记故事的主调，疾病、饥饿、痛苦、烦恼、焦虑一直是生活的常态，法国当代著名社会学家皮埃尔·布尔迪厄看清了人类的生存状态，写下人生最后一部著作——《苦难的世界》。

也许，人类真的犯有原罪，以至于不得不一代代历经磨难去赎那永远赎不清的罪！但亚当夏娃的故事更隐含着人类得以世代繁衍、生生不息的真谛，那就是内生于两性之间、存在于人与人之间的爱。

爱是无奈的，永远不可能摆脱经济、政治、社会、文化的纠缠；爱的表达总是打着时代的烙印。在中国，爱曾经被政治所侵蚀，更被阶级斗争搞得面目全非；后来，汹涌澎湃的消费主义大潮更在人们不经意间吞噬着人们心中最宝贵的情感。因此，今天我们需要做些工作，唤醒人们更多心中的爱；这就是本套小书的使命。

我们提供六套20世纪50至80年代普通中国人的爱情信。这些信受到时代的影响,但凌厉的政治运动、触及灵魂的思想改造都不可能遏制爱的流淌。这些信有着鲜明的个体特征,每个个体都以自己的方式呈现爱的内容。六套书信展现不同视角的爱,色彩斑斓,内涵丰富,给人启迪,发人深省。

这些信会把年长者带回到那些激情燃烧的、充满恐惧的或者无可奈何的场景。或许,这些信会令年长者回想起月光下的相思、油灯下的书写、左右为难的纠结、等信的焦虑、读信的泪花;逝者如斯,青春期的爱将重新滋润年长者的心田,令他们流连、陶醉。

这些信会把年轻人带进那个深奥复杂、神秘莫测的祖辈、父辈们的心灵世界,让年轻人有机会在书信空间中与先辈们进行面对面的交流。或许,年轻人会被先辈们的革命热情与奉献精神所感动,被先辈们各具特色的爱的表达所吸引。岁月茫茫,一旦汲取书信中爱的养料,年轻人前行的脚步将更加稳健。

朋友,打开那些书信吧。慢慢地阅读,细细地品味。有所思,有所悟,必有所得。让书信中隐藏着的爱意流进你的心、我的心、他的心、众人的心,世世代代,永不消逝!

本组书信的男主人公姜军瑞湖北人，女主人朱筱玮湖南人。1961年，他们大学毕业，同时被分配到同一单位工作。他们1962年9月结婚，1963年下半年他们的女儿出生。军瑞经常出差，一旦在外，他都会写一封封长信给妻子筱玮，妻子会在信上批字，也会写回信。由此，我们有幸看到了他们的生存状态。

本组书信的一个显著特点可以用两个字表达：争吵。军瑞、筱玮在大学高年级时建立恋爱关系，但是恋爱时的一些纠结始终没有完全解开，以至于成为婚后冲突的隐患。后来，筱玮生育的时候，军瑞的所作所为深深地伤害了筱玮，酿成了家庭中的重大事件，军瑞母亲的"在场"又增添了事件的复杂性。令人伤感的是，此次事件给筱玮戴上了一副有色眼镜，她怎么看军瑞都觉得不顺眼，她读军瑞的信都觉得虚伪；此次事件酿成了军瑞的"原罪"，他怎么解释都显得苍白无力。

婚姻家庭在吵吵闹闹中绵延，时间在吵吵闹闹中流逝。这样的婚姻有爱吗？仔细阅读本组书信可以看到，爱是存在的，在夫妻双方的心底里，在他们所做的种种努力中，在朦胧的想象中。直到1979年，军瑞还在信中说："让我在家庭斗争中让爱情的火焰复燃吧！"但是他们的爱总被鸡毛蒜皮的小事所干扰，被纠缠不清的成见所遮蔽，这种爱是灰色的！

因此读这组信的意义在于寻找干扰爱的小事，发现遮蔽爱的成见，以便擦去覆盖爱的灰尘，让我们所享有的爱更鲜艳亮丽。

张乐天

2016年10月10日

目 录

1961 年

1961年6月22日

亲爱的朱筱玮同志：

　　你寄给我的信，我一口气读过许多遍了！它在我内心引起难以叙述的复杂的回响，这里面包含了感激之情，但也使我心绪混乱，并隐藏着痛苦！这点我想你是理解的，想你不要责备我。

　　我早就对你说过，当人们内心隐藏着一种难以表达的哪怕是美好的意愿的时候，他仍然会是痛苦的。你应当承认你是了解我过去是被这样一种感情所折磨着的人。因为虽然隐藏在我内心的"爱"也曾激励我进步，但也使我感到痛苦。当我在考试完后的一个周末，我怀着极端胆怯的心情，叙说了我心灵的爱情的愿望的时候，你并没有及时地肯定地答复我，但你也并没有把时间拖得太长，我得到了你

002

的"爱"的允诺。在这以后我简直沉浸在一种无比的幸福之中了。当我和你在一起的时候，我的"自尊心"简直表现得无能为力，我向你吐露了埋藏在我内心的全部情愫。

现在我的心绪也很乱，我不可能写清楚一切，请你原谅。当我们即将作短暂的但也是难熬的分别的时候，我想说如下几点：

（1）昨天我对你说过："我永远也不强迫你做你不高兴或不愿意做的事情。"因为我真心地爱你，所以我全部同意你写给我的几点要求，我保证能做到。这是首先的。

（2）我请求你：最好今晚能给我一点儿时间，我可保证绝不说得太多。你应当把你内心的疙瘩告诉我，我一定把我内心的真实想法告诉你。你应该想到，不把事情讲清楚会使我和你在感情上都受到折磨的。

（3）最后我谈一点儿看法：我认为我并没有对你

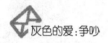

讲假话，我根本没有想过要隐瞒你什么，但我对你说过的我过去的一切是很简单的，它只能反映我对过去生活的理解，这样可能会使你感到不真实，不过我坚信，只要你告诉我，我是能够对你解释清楚的，这也是我要求你今晚能再给我一点儿时间的原因。

（4）我请求你到钢厂一定给我来信。你应当信任我是衷心地爱你的。你已经给了我"爱"的回答，我也是快乐的。但是亲爱的同志，如果你认为我是虚伪的话，或是发现了我虚伪的行为和事实的时候，你可以撇弃我，我是不会怪你的。因为如果在我的生活中真有这种事情发生，那我作为一个共产党员的良心，我会给我自己沉重的耳光。

当然在这点上你也应当相信，一个共产党员的一切是应当完全置于党组织的监督之下的！我认为我是这样做的！

祝你好！

再见

1961 年

你的同志

姜军瑞

致此

请原谅我写得很乱

1961年6月22日

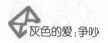

1961年6月27、28日

珣：

我最亲爱的好同志，你好呵！当你接到我这封信的时候，我想你一定已经开始紧张地工作了。这是作为我们在学生时代的最后一次有意义的实习了，我预祝你取得胜利，正像你所说的"让我们在两个月以后，都以优异的成绩向党汇报"吧！

谢谢你，你并没有使我等得焦虑，在我预料的日子，收到了你的来信，读完后，我非常高兴。同时请你原谅，由于我心情的关系，使我不得不利用下晚自修后的时间给你写信了。请你相信我，我不是一个情感颓废的"恋爱至上主义者"。如果在我过去的生活中有过"过失"，那只是由于在生活的各方面还不是成熟的。在今后我自己的生活中，我是决不会自觉地去

006

犯错误。我会要求自己，按自己对生活的正确理解去生活。当然在我抽象地提到这一点的时候，我理解到过分的"自信"是一种缺点。所以我感到，在我自己的生活中应当容纳一种重要的客观的尺度。更虚心地从同志式的友谊中获得帮助，从你的鼓励和帮助中获得力量。亲爱的同志，请你相信我，我会这样的，因为我从内心确实意识到了自己的缺点，对自己的进步和对组织确实造成过损失。

请你放心，我不会因为这样（好比今晚占用了一点儿睡眠时间）而影响了工作和学习的。有位诗人曾经说过："爱情只是幸福生活的大花篮中的一朵蓝色小花"，虽然它是美好的，但它只是人生宽广丰富的生活内容的一个方面，当然它是重要的一个方面。一个正确理解了它的人，只会从爱情的幸福中获得鼓舞和力量……你说是吗？我想我俩都会这样的，否则它是没有意义的。

上面说得很抽象，如果由于我的表达能力的贫乏，不能被你所了解的话，我们以后可以逐步地谈吧！

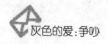
首先谈谈我们设计组的近来工作情况吧！现在我们结束了第一阶段的资料工作。通过这阶段工作，了解了不少实际的东西，尤其是设计院的同志，非常热心地给我们传授知识，他们这方面的实际经验很丰富，给我们讲得很生动。在这阶段还学习了国家的有关方针政策，使我们初步了解了怎样根据国家社会主义建设情况、国家的政治经济形势、科学技术的发展水平，来考虑和进行设计，等等。学校黄家杰老师经常与我们在一起，赵磊老师也经常来进行指导。我们感到学习条件很好。在生活方面，我们在本周星期一就在设计院起伙了，伙食质量还不错，比学校还要好。我们五个相处得很好。在这里的时间很短了，大家都很珍惜现在还能生活在一起的时间。

从今天开始我们第二阶段的工作了，即确定设计原则和开始做具体工作了。这一阶段只有五天，时间很紧。

呵！现在已经打熄灯铃了，让我谈到正题上来吧！由于时间的关系我想简单一点儿谈。我们相处的时间延长，以后是可以讲清楚的。

过去我有过朋友这是事实，但是我们之间并没有真正的"爱情"，我们在思想上长期存在裂缝，在互相折磨着，我和她都无法从其中获得鼓舞和力量……生活和"爱情"的正确的含义在我们之间是无法得出结论的。对人的责任和我的愿望（获得和享受真正的爱情的美好和幸福）在过去的生活中，随时都成为一种矛盾的剑，折磨着我和刺痛我的心灵。我的这种内心世界虽然没有使我成为一个完全的怯懦者，但它终究使我的为人在有时表现得无能和粗暴了。这样使我对我周围的同志和朋友犯过错误。因为我没有很好地信任和尊重别人。

过去我内心的这种矛盾是很少人知道的，在同班的同学中只有田玉梅听我讲过一些偶尔的片断（这已经是1959年的事了），因为她信任我！对我讲过她自己的许多事情……至于其他人则很少知道过真正的情况。但我的全部思想党的组织是了解的。但是

对我的问题的处理，不论是王存珠还是邱大朋同志，都只对我提出个人的见解和帮助。

王存珠同志坚持的是这样一种原则："既然你们以前就好了，现在你应当帮助她，丢掉人家是不对的……"他的说法是较长期影响着我的态度的。我一直等待她的进步和正确对待我们之间的一切，我还这样决心，不管我们今后是否有真正地建立一个共同的家庭的基础，但我也决不首先提出解除我们之间的关系，支持我这种想法的是，我觉得对待人的责任要求我这样。

邱大朋同志的意见是："我们不可能设想，一个共产党员与一个政治上不可靠的人建立爱情，我们不需要一个只专不仁或不专不仁的人……"我还问他："如果我抛弃她，在道德上有错误吗？"他说："你还是要帮助她，但这个不是什么大事，如果爱情没有其基础，将来结了婚也只可能拆散。

如上并不一致的见解也使我非常矛盾，所以直到1960年初我被抽调出来工作时，我要求组织为我作一人事调查，邱大鹏同志当时同意了，结果发了一封公函到她学校和她父亲工作单位。后来邱大鹏同志这样告诉我："她本人在反右前不关心政治，反右派后有些进步，在政治上中等……既然你们早就好了，组织上没什么意见，但你要好好帮助她……"

由于以上这些原因，经常使我非常矛盾和内心感到苦闷，但我终究还是等待她，不过在这以前，今年从1959年开始，我就感到我们之间没有爱情的基础了，破灭的幻影必将成为现实……结束我们的关系是必然的结局了。

在这种情况下，我想过许多东西。请你相信，当我想到我应当获得真正的友谊和爱情的时候，我就把你和我联系起来了。这是从1960年的3月开始的，但当时我的处境和思想上的紊乱（当然只表现在这一个方面）使我非常苦闷，我担心周围的谴责，我害怕你不了解我，而会使我难堪……在这种境况下，我的毅力抑制了我的"梦想"……当然，在偶尔的，但也

是很多的时刻，我谴责自己，我觉得我没有权力这样，因为到底我和原来的"朋友"并没有完全断绝关系。同时在这种情况下，我没有(当时)和你接触的任何机会……有一次当田玉梅找我谈过一次话以后，我最后说："希望你(指田)经常来我这里玩。"同时我要她带信给你，说："要朱筱瑞来我这里玩吧！"当然我不知道她是否对你讲了，但由于我心情是矛盾的，所以我在这以后也责备了自己。

去年9月以来，我们有机会在一起，但在这段时期我的苦恼比其他任何时期要更多些。我否认我的愿望，一方面，我和原来的"朋友"的烦恼的联系并未结束。而这是我和她很早以前就对组织上承认了的。从我入党的时候起就在我的一些档案履历材料就承认了的，没有明确结束我们的关系的时候。我的另外的思想和作为……我自己也不明确是否会犯道德上的错误，不过作为一个党员……理智使我克制了自己……但另一方面，我似乎开始察觉得到你可能对贾志鸿

同志很好(他也可能对你更好……)他和我是很好的
同志,理智和道义使我克制自己,也使我不安……但
始终我认为我的理智和毅力指挥了我的行动。所以
一直到回学院后,我仍然不想与你多接触。因为这在
我思想上不会带来愉快,只会使我更难过……当然
在这方面我也想过贾志鸿和你并不好,从钢厂的后
期到回院后的这一学期,我似乎更确切地知道了这
个。所以当在2月初我原来的"女友"确实地提出解除
原来的关系的时候,我开始冷静地总结自己的生活,
虽然在以往的生活中我有过迷失,但在原则和道德
上我无法严厉地谴责自己。

　　但在这以后我思想上也有更多的不安,当我想
到你的时候,我心里的忧郁更深重了,我害怕周围的
人谴责我"轻佻""无聊"……或更严厉地骂我"卑鄙",
我也害怕你会同样不理解我和谴责我。田玉梅在她
自己的日记中写我的时候她这样写(她在交心前给
我看的):"我决不会去爱一个曾经被人爱过的人(指

我）"（当然这只是她自己心里有鬼而已），我害怕你
也会有这样的清规戒律……

上面可能已说得不少了，但请你不要认为我是
一个沉浸在个人生活的圈子里的人，上面说的，只是
从我生活的某一侧面——爱情。我思想的发展规律
而已。当然我的苦恼经常纠缠着我，但我有很多时
候，也把它以自己制造的欢乐和繁忙所代替了。所以
总的来说，我是愉快的。你说是吗？

这学期以来我也逐渐这样更坚定地想过，难道
我今后就没有权力享受"爱情"的幸福吗？但结果我
得出了否定的结论。我觉得仍然有权力，我也有权
力向你表达我长期的内心的愿望……所以时间的
流逝和生活的现实，使我无法顾忌一切，因而我终
于挣脱了理智的束缚，向你吐露了我的爱情。当我
这样做的时候，我没有设想过它的后果（其中包括
了你的回答）。

亲爱的同志！当你允诺了我的爱的时候，我是幸

福的，我感到了无比的激励。但当你说对我的表白感到突然的时候，我自己也感到很难过。也真有点伤我的"自尊心"呵！这正像那一次一样。就是你和同学们在元月份离开钢厂时，当我送你到江边的时候，我曾紧紧地握过你的手，同时我请求你能给我来信（你知道吗？那时我的心情我自己是无法叙说清楚的，真不知是什么滋味），可是你并没有给我来信，为这我也难过呵！

至于我为什么要爱你，这很简单明确：我们在一起共同生活五年，是我们互相了解和信任的基础，我们都相信党，愿意为党工作，愿意在党的教育下很好的进步，（几年来我们都有很大的进步，首先这是党教育的结果）这是我们的思想基础，虽然你有缺点，我也有缺点，但这正是我们互相帮助共同进步的基础。尤其是你，亲爱的朱筱玮同志，几年以来，我深刻地理解到你对生活的认识是正确的，你在思想修养和对待同志方面的很多长处，是值得我学习的，在这方

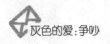
面我多么需要你的帮助和监督呵!你愿意这样吗?你应当严格要求我,你答应吧!当然我也了解你的缺点,我今后也会严格要求你的。在我熟悉和了解的姑娘中,我认为你的心灵是最善良和最纯洁的,我衷心地爱你。同时如果说,我感到你最漂亮的话,这也绝对是像斯切潘对格格所说的那样,即是所谓"爱情"带来的"偏见",是我内心的感觉。

亲爱的珲:你知道吗?当我把信写到这里的时候,现在是我开始写信的第二个晚上了,而且又是晚自习后了,如果再写下去,郑家宁会对我提意见了,我要结束了,下次再谈。

我感激你对我生活上的关心,谢谢你,使我真不知如何向你倾诉我的爱慕之情……我只能说:亲爱的好同志,请你相信我,我是决不会辜负你的,当然更不会是像你所提的那样,我今后决不存在什么后悔!只要你不会这样……

我从田玉梅那里知道，你选席子①也没有带一床，在钢厂能买到吗？到我家去的时候，可以要我妈妈帮你想想办法吧！现在班上有六张席子票②，可是席子不能邮寄。我们这里比你们可舒适得多了。希望你好好注意自己的身体，也要关心同学们的身体，跟贾志鸿同志合作，与老师合作把工作搞好。

　　你给我留下的3元，我会用掉它的，因为我虽然不是你想象的那样穷，但确也不富裕。从你留下3元，使我想到我应当告诉你，我和原来的"女友"在经济

---

　　① 席子：一种通常用藤子、芦苇、蒲草或竹条编织而成的生活用具，是居家常用家具之一。

　　② 1953年我国开始实行计划经济。*我国最早实行的票证种类是粮票、食用油票等票证。到1961年市场凭票供应的商品，达到了156种。各地的商品票证通常分为"吃、穿、用"三大类。吃的除了各种粮油票外，还有猪、牛、羊肉票和鸡鸭鱼肉票以及鸡鸭蛋票，各种糖类票，各种豆制品票及各种蔬菜票等。穿的除了各种布票外，有化纤票、棉花票、汗衫票、背心票、布鞋票、棉胎票等。用的有手帕、肥皂、煤油票，各种煤票、商品购买证、电器票、自行车票、手表票，还有临时票、机动票等，五花八门，涉及各个领域的方方面面。总之，大多数商品都是凭票供应的。什么样的商品就用相应的票证去购买，对号入座，缺一不可。我国计划经济时期极具时代特色的各色票证，经历了40年左右的风风雨雨，随着改革开放和市场经济的发展，终于在20世纪90年代初期逐步退出了人们的生活，完成了历史使命。

上有过联系，在去年5月她母亲病了，她搞毕业实习时，她来信说，她经济上困难。所以我给她寄过15元。今年3月，虽然我们的关系早就结束了，可能是为了偿还债务吧?! 她寄给我10元，结果我没有把钱退还给她，也就花掉了。

星期天到我家里去吧！我妈妈一定会很好地招待你的，我弟弟也很好，你可以与他多谈谈，好比入团问题呀！你到过我哥哥那里吗？他住3门栋5号。

下次再写吧！

上次信中，说你不舒服，希望你自重身体。

祝你

进步

紧握你的手

想念你的

姜军瑞章

1961年6月27～28日晚

附：

如果你记不清我家地址的话，可约我哥哥一道回家。

事情好像太多了，简直无法写清楚，写得很乱，请耐心看。

你给的粮票和勘验都给你们寄来了，由教育科转的，告诉陈学业查收。

亲爱的米筱玮同志：你现在还是觉得我是偶然地轻佻地决定了我们之间的爱情的吗？为此我确实有点难过。但我确实不怪你，因为我知道周围人确实有这样的看法。田玉梅甚至更露骨地对我说（可能带有报复？！）："我要是米筱玮我不会爱你，我要爱贾志鸿，因为他表现得更真挚，可是你（指我）爱米筱玮最多也只是本期的事……"当然本期我才这样坚定这样确定的……我必须把我的心愿告诉你，不论你怎样对待我。

请你告诉我，我妨碍了贾志鸿同志吗？我犯了道德上的错误吗？因为我和他也是很好的同志呵！

灯泡购买证

粮票

辽宁省商业厅
胶鞋购买证

壹双

辽宁省
商业厅

限1962年6月末止 沈阳地区通用

仅限县城以下指定商店使用

胶鞋购买证

1961年12月8日

北京是那样冷，你可要注意身体呀！我现在很好！勿念。来信时别忘了告诉我你身体情况，不许隐瞒我什么！！

最亲爱的玮：

你3号从北京寄来的信我今天(8号)就收到了，你信里写了许多同时又寄了相片，我真高兴得没有办法形容了。

今天晚上我们讨论确定了"五定"①方案，回到招待所已经近10点了，但是由于我内心感到特别幸福和激动，使我内心无法平静下来，因此我就不得不偷

---

① 定时间、定工具、定人员、定周期、定检查。

偷地跑到处长房间来给你写信了（我们处长到采矿场去了！），其实我这也不算开晚车的，因为我们有时工作也到十一点以后。

亲爱的，我给你写些什么呢？真的，每当我在未动笔给你写信时，我内心总是非常激动，好像总有无尽的话要对你说，可是当开始写信时，又不知是从什么地方动笔了！所以我想你是不应当无缘无故地生我的气的，因为我自己也不知道这是什么原因，有了你，我都有些变呆了，尤其当我见到你时，我是没有一点能力向你全部倾吐我内心的激动的，此刻我给你写信，心情仍然是这样，真的，我向你怎么说才好呢？

今天我接到你的信后，我一连读过好几次了，我都差点要激动得流泪了，要不是有同事们在一起，我真没法克制自己了！这种心情中，既包括了我对自己的责备，又感到自己无比幸福，因为我从你对我的"责备"中，体会到你的最忠诚无私的爱。你的爱，使我无法宁静，使我无法向你全部倾吐我的激情！为

此，我在这点上有时也责备自己，觉得自己没有一点儿文学修养，也没有一点儿诗人的灵感或天才！人们说"爱情是一首美好的诗篇"，有时我痛恨自己，没有能力记述它！

亲爱的好妹妹，请你也能原谅我一些，我这人有时就只能激动在心里，而在言行方面就是个傻子了！有时会表现得格外笨拙的！在这点上也要求你能理解我。你不应当有什么不正确的想法，这样是不对的，像你说的，偶尔有时还会想到我是个"坏家伙"这就更不应当了！这样我会生气的（真的生气哩！）。你应当相信我，我们之间的爱是无限忠诚的，我深信这一点，这是我永生的信念，我发誓我决不辜负这一点。亲爱的，我不是向你说过吗？没有了你，我会死掉的！！

你也真傻的，为什么一定要我生气呢？我不会这样，我不愿意这样，就是像你说，在我们分别的那天晚上，我也没有生气，虽然我对你那股傻劲有点意见（主要是我责备自己）。

你有什么根据说我没有对你说内心话呢！在这点上我倒有点要生气了！(但是还没有生气呀！)因为我认为这是缺乏信任的表现,爱情是需要真诚、坦率的,疑心就会造成不率!当然我们之间永远也不会这样,因为我们都是无此真诚地相待,我们具有理解生活和对待爱情的共同责任。

玮!耐心点吧!我在元月份才能到家,虽然元旦不在一起,但春节可以在一起呀!我们月底离开这里,还要去大吉、西华、岩美三大山,总共需半月,加上路上停留,大概是元月底到北京了!

钱不要寄了!书票*不要花掉,其他东西也不用买(除你自己要必外),我准备要一个计划(回京后再告诉你,要买些其他必需的东西哩!)。

这里人(同来的)也开我的玩笑,连我们的老处长也开玩笑说:"小姜(在这里[现在]我不叫老姜了),来信了没有呀!"

你说过爱情的主要内容就是成为"鼓舞和力量",

我们希望都是这样。好玮，我完全知道，你是那样衷心地爱我，爱情的光辉照亮了我们的生活，遥远的距离隔不开我们心心相印的命运。

其他东西（你说的）我都记得，请放心，太晚了，我不再写了。明天还有工作哩！还不睡，他们也得笑话我了，我们的爱情万岁！

热烈地吻你

想念你的军瑞章

1961年12月8日晚

小玮，姐那儿我都回信了，还没见回信哩！寄来的相片太好了！给我妈妈回信吧！

妈妈来过一信，内容挺有意思的，回京时再给你看吧！

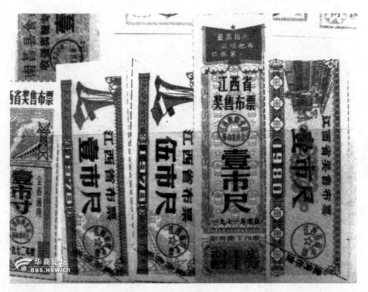

* 布票

1961 年

1962 年

6月11日

1963 年

1964 年

1965 年

1966 年

1978 年

1979 年

1982 年

1962年6月11日

筱玮:

　　我最亲爱的!

　　我接到姐的来信了,我再次体会和了解到我们相互都怎样地被深沉的痛苦折磨着。

　　现在是深夜了,一天以来情绪给食欲带来的影响,像恶性传染病一样,又带给了我的睡眠,我无法安静,我多么担心将降临给我的生命力无法抵御的精神打击呵! 此刻我无法摆脱的痛苦爆炸了,它像一双魔爪捏住了我的肝脏在向外掏,无法隐忍的阵阵绝痛在残杀着我……我痛苦极了,此刻我是多么想见到你呵! 想从你那儿得到亲切和温存的抚慰呵!

　　对于这些,我的最亲爱的筱玮,我毫不会去责备你,丝毫也没有这种意思。我只责备自己,只自己难过和痛苦。我认为,也对你说过好多次"在爱情中是掩饰不了人们的灵魂的",但是我怎么也没有想到我真诚地但也是粗糙地待你,竟给你带来了如此沉重的心灵的创伤……这是需要我来弥补的。为了你,我永远会心甘情愿地去做你需要的一切。因为在这个世界上,占据了我的全部灵魂,支配着我精神生活的哀乐的,占有我的整个心灵的只有你,过去(从我们决定我们的爱情的那天起)现在和将来都是这样!

敬爱的筱玮:当我认为有必要再次向你解释几个问题之前,我感到你怎么也不应否定我待你完全是忠诚的,过去没有欺骗你,现在、将来我也不会欺骗你……往往很多事情只是在"当事者无意,旁观者有心"的情况下,你错怪了我(对于这点我不是责备你),但我确实抱屈。

下面就说两个问题吧!

(1)五一的事:我还是只能这样说,我愿意认错,对其后果造成的影响是要我负责的。但我决非

首先就有这样的动机,硬是要伤害你。同时有些事也确实处于"当事者无意,旁观者有心……"的情况,被你看得过于严重了一点(我不仅指这点,其他时间,你有些问题生我的气,我就觉得是这样),对于这点,我不完全要你接受,我将进一步从我自己思想出发点作检查,也恳切地希望你的批评!帮助我认识这一问题。

对于田玉梅,我同她过去丝毫未曾感觉到过有共同生活的基础,因此也未曾决意去爱过她,你说的"要不是她不和纪卓好,你会去追求她的"这话,狠狠地伤了我的心,我气愤、抱屈和不平过。因为我认为你依看了我,哪怕在这个世界上的人都说她好!我也不会去爱她,她不配(相反来说,我也不配她!)。

对的,她过去同我较接近,她给我日记看,她对我说过,说如同志都说她什么"你很好呀!姜军瑞对你好,很关心你……"对于这点我当时向她检讨我生活上不严肃,造成不好的影响,说我要负责。后来我在党支部生活会上作过检讨！她给我日记看，是在交心的时候，她说只给我一个人看，我这样做了，但是对其中的问题，我都在党小组几个同志中谈过、反映过……同她较接近，也是由于工作上的接近开始，加之她在一般待人上大方一点儿造成的。作为我，过去是班上主要干部，是党员，要做工作，就这样了，我觉得是无法过于责备的。

再说一句，五一的事我错了。对我来说也"吃一堑，长一智"，给了我教训，伤害了你，我恳求你的宽恕。

(2)关于普希金的诗，我中午到图书馆找了普希金抒情诗两卷，我把诗抄在这里向你解释，希望你正确理解。

诗是这样的：

"是的，我幸福过"①

是的，我幸福过；是的，我享受过了，

---

① 诗的题目。

我沉醉于平静的苦境和激动的热情……(1956年、1957年我是这样,当时我洋洋得意,满足也带骄傲)

……

但飞速的欢乐的日子哪里去了?(我1958年底开始是这样了……)

随着夏天,消逝了梦境。

欢乐的美色已经枯凋。

在我四周又落下无聊的沉郁暗影!(我后悔,也期望真正的爱情)

注:作者和E.巴库尼娜相遇而作此诗。

当你读此诗时请你注意几点:

①整个题目是带着引号的。

②作者曾忠心地爱过巴库尼娜。但她欺骗了他!作者受骗了!

③请结合我在诗句后,结合我的情绪(当时的)作的解释。这反映了我的情绪。但是我作为这一时代的人,我只借以反映我的情绪,其他是不可比的。

亲爱的筱玮：我想你是能正确理解这诗意中我借以反映的情绪了。我实在后悔、痛苦，感到受骗，也期望获得真正的爱情。

　　这首诗我是在1960年在蒋竹筠的这本诗中看到的，由于情绪上的一致，我记得一点，当我在胆怯地决定向你表白我的爱情前，在一个午睡时我偶尔拿起老蒋的这本诗，又看了一次，所以就记得了！

　　至于是些什么，决定我以前的事吹了，这是可以长篇大论地写下去的，会使我整夜不眠了！

　　在姐那儿我又写了一封短信，附上了原来写的长信，寄去了！信到之时，请来一趟，切记！

　　写信时，泪水经常润湿着我的眼睛，心都破碎了！我是多么想见到你呵！希望你的亲切的温存的抚慰呵！信中，可能有我感情脆弱的表现，这也是我过去无法想象的。请不要责备我，因为我是这样深切地爱着你！

　　过去我对你各方面的关心不够，我毫不怀疑，我

们可完全共同加强这方面的努力！一定能做好的！

祝你好

亲吻你

你的永远忠实的军瑞

草1962年6月11日晚11时

筱玮批注：真没用，竟这样脆弱！男子汉大丈夫，难道你的哀乐都是受别人支配吗？

1961 年

1962 年

1963 年

12月9、11、14日

1964 年

1965 年

1966 年

1978 年

1979 年

1982 年

1963年12月9、11、14日

最亲爱的筱瑞：

今天（9号）接到了你的来信，使我的全部心思达到了一个无可比拟的惨痛的顶点，任何空暇的时刻，像以往一样，只能引起我内心的辛酸悲痛。虽然我并不是责备你，但它总是像一把锋利的尖刀，在绞割我的心灵，阵阵隐痛，它慢慢愎愎地在残杀我！

筱瑞呵！我本是想在春节时借可能回家的机会给你详尽地细谈哩！可是心里的阵阵隐藏的剧痛，使我不能不从现在开始，抽百长中的一切可以利用的时间慢慢给你写一些情况，谈一些事实的思想动机、我的看法和打算。虽然我不知在什么时候能写完，但我首先求你，当你接到我的这封信时，你心平气和地耐心地读它。当然有些事情都是过去谈过的，基本的观点也是谈过的,但你并不信任,你总是以你自己的带偏见的思想、逻辑来看待它。这次我尽量详细地系统地写它,在我思想上,我一定用诚恳的态度、赎罪的决心,以我作为一个共产党员的道德品质来对你——我的心爱妻子、共青团员,把这一些问题严肃地谈一谈。我的态度和出发点就是这样,我们都是无神论者,赌咒发誓是没有意义的!

一、我对一些事实的思想动机是什么

(以上是9号写的)

1. 1961年10月14日下午,我为什么没有送你去报到

我们是10月13日到达北京的。14日我去部报到以后,下午你就去院里报到了。当时已四五点,要的一辆三轮车花一元六角,当时因为我们都不知道路怎么走,去了后我也不知怎么回来,如果再要三轮也要花钱,因此在你走得又急的情况下,我没能送你到院里去报到。这件事你提过,虽然不是什么大事,但

我一直不承认我有什么不对的地方，以后检查起来我还是有不对的地方的。主要表现我有一定的自私心理，只想到要花钱呀！自己怕回不来呀！哎，可是当时我没考虑周全，你等我报到过去了一天，下午你要走，为什么我没想到，你若找不到院里怎么办呢？晚上往哪儿去呢？这个问题上反映了我自私，想自己是周到的，为对方想得少。这件事就简单地提一下，但是这个自私心在以后的事中仍有更严重的反应。

2. 在上海时给你的一信

我出差江西，路过上海停留了一天，在上海给你一信说："你需要什么呢？请来信告知，我可以买。"（大意是这样）对这话你也提过意见，对这个问题我先把当时的情况谈一谈：

首先我们工作组有三个同志前一天到了上海，我们去时，他们接了我们，住下后，便带我们去逛街。这个店子进，那个店子出，都走得挺快，我心里老琢磨，给你买点什么呢？总拿不定主意。本想给你买双尼龙袜，但一方面看到要三五块，另一方面更主要的是害臊，怕人家笑话。"买花尼龙袜做什么呀？给爱人买吧？"所以当时想，反正要回北京的，回来再买吧！所以就搁下来了，只在文具店给你买了点信纸寄回了！从这件事你指责我感情不深，我过去不承认的，以后我仔细想一想认为你说得也是对的，客观上倒是想到三五块呀！害羞呀！可是为什么这样的问题就阻止了对自己爱人的感情的表达呢？这是自私心的反应呀！真诚的爱情就应当有勇气呀！

3. 回家后的第一次谈话和问题

我出差江西，使我们分离了近两个月，无限的思念使我多么想见到你呀！我早上回家，中午就给你打了电话，下午就到了你那里，但是当时你对我的说话是多么损害我的自尊心呀！当谈到孙小萍时，你说的话与你的品质多么不相称呀！另外你说我不应当不到你家去，但是你知道，随便请假太多是不应当的，而当时我已经叫家里给我做了一条裤子，我又必须

到仙桃,所以才没有到娄底呵!其实这你是应当理解的,如果像你说的那样,我出差时,只到了娄底,而没到仙桃,那人家又怎么说呢?并且当时我仍确实想到娄底呵!但是当时我想这是我们工作后第一次到你家,带点什么礼物呢?到韶关我什么也没买到。(当时物资挺紧张)同时这时经济也挺紧张,所以我当时想,现在寒酸而去,不如以后再去?所以当时当你指责我时,我自己也觉得不应当不去娄底,既辜负了你的心意,又辜负了你父母和姐待我的好处,而在对你解释这回事,我还觉得我那个觉得寒酸(没礼物)的思想是不对,可不愿向你说。所以总拿点别的理由来说一说算了。可谁知在这事上,你由于没有得到正确的了解,怪了我好长时间。这次去到娄底,我买了些水果(香蕉、广柑等)可也坏了不少,实在觉得不好意思才拿了15斤粮票和10块钱,我当时还想,如果经济轻松点的话,10块是不行的,能给两老买一点儿什么呢?筱玮呵!这件事,我虽然觉得就是什么也不拿,总还得去一趟呀！我自己觉得不应当，但是我也觉得你对我的心情是不完全理解的呵！

另外，当时我还知道了你热情地接待了朱进方到韶山。你又对他写了信，把他弄到了韶山。筱玮呵！你想这种事情为何不引起爱人的心灵的创伤！尤其是当我想到在你家时，你对他的拜访，北京的接待，韶山的见面，还有把你对孙小莘的事情评价等联系起来，我心里能平静吗？难道你对吗？你为什么要隐瞒我呢？不隐瞒我，我是不见怪的，好比，你想一想，虽然你没把何忠海的信给我看，但我也不见怪。而在这件事情上我的态度又怎样呢？在这件事情上，我觉得我的态度是开明而正确的。可是你又怎么能叫我忍受像朱进方这样的事情呢？讲句真心话，在以后我俩的每一次争执时，我都没有忘记这件使我痛苦的事情的，以后也不知怎样才能使它销声匿迹呀！

4. 1962年5月的事

田玉梅的第一次来京，我对她既无热情，也无好

感。但你当时说："是老同学，还应好好接待她。"我当时想也对嘛！所以我虽然对你生气（你同我在一起像丢了你的人一样，不愿同我一起玩），但只是根据你的意思，我才在晚上用电话找她。本来我对你生气这是小事，但是这条毒蛇，用嫉妒的心理，对你进行了可耻的挑拨。我说过，你当时是中了她的毒的。所以当时我也很生气，一起的两天，我闷闷不乐，我气你听信她的，恨她这个坏东西（为什么不坏呢，我从政治上、思想品质上、生活追求上看透了她）。当然，我承认，我没有任何理由使我在这当中对待你是那样的粗暴无礼的态度，我任性无礼，反映了我思想作风上的严重问题。①

5. 所谓"享受过"等

我最初朗诵过普希金的诗，什么："是的我享受过了！"等。我还说过"我不愿再一次恋爱"等话。我的思想动机是什么？我认为你的猜测是不对的。如果是你认为的那样，那不是弄巧成拙吗？在这件事情上你确实是冤屈了我。

我的前后再次谈话，都是悔悟过去的"爱情"。这我已经说过我当时对普希金那首诗的理解。至于我后一次说的那句话也是这样，一方面我也是悔悟过去，另一方面也是心里这样想。"筱琳呵！我这次该没看错人吧！你该是我永生的侣伴了吧！"②我为什么这样想呢？也是一方面觉得心里对你有些疙瘩，另一方面心里也觉得，你的思想和品质是无可指责，你指责我你只是觉得我对你爱得不够呀！所以我想反正我永远只爱你了，就是你不爱我，我也不会有第三次恋爱了。筱琳呵，我这又有什么不可理解的呢？你为什么要固执地坚持你的那种不合实际的设想呢？

照你的说法是，我是留恋过去，觉得第一次恋爱最好。这是不合思想逻辑的。如果我是真正的爱你的动机不纯，想骗取你的爱情，那不是一种自我暴露吗？我说这话的总的思想前提是悔悟过去，再无任何思想动机了。（以上是11号写的）

　　还有，对过去的事情我有过很长时间后悔和苦闷，觉得我过去是走错了路。到底抱什么条件选择，把政治条件没有放在一定地位上。在这个问题上经过组织的调查后，我也抱过长期考察改造她的想法，但后来就是由于在政治上的不信任，逐渐造成了感情上的裂缝，也就吹了。而后从我们俩好后，我就想过，我想："唉！筱瑞呵！要是我一开始就爱上了你，那我就不会有那样一段（两年多呵！）苦闷的时间呵！"就是从这样的思想出发，我才会对你有那样的叙述呵！③

　　6. 我为什么不重视矛盾

　　1962年9月我们结婚了，我的生活面貌起了多大的变化呵！……我高兴万分，一切充满劲头。同志同事们夸我说："小姜找了一个好爱人，挺漂亮……"我当时对大家这种公开的、细声细语的评论，我高兴得无法形容，我心里想，非常自豪地在心里说："当然我的妻子好呵！她的美不仅是她的外表，她的真挚的心灵的美，这是只有我才最了解的呢！"但是由于这种自豪,使我麻痹大意,疏忽放纵自己了。④在实际生活中,我违背了自己对你表白过和心里暗自思量过的许多诺言,我辜负了你的爱情。如我对你说:"我决不强迫你做任何你不愿意的一切事情。"我暗自想:"筱瑞呵!我是你信得过的爱人,我今后一定好好待你,我一定要满足你思想上、生活上、性格爱好上的一切要求!把我们俩的力量、智慧结合在一起,共同求进……"但实际生活证明我违背了自己的诺言。

但是问题也还有一个,第三者也可能要问一句:"你为什么不重视矛盾,而结婚了呢?"筱瑞呵!对这个问题我当时主要是这样想的,当时我总认为实际思想也是这样,我认为你对我有些意见,但最主要的是觉得没有完全占有我,觉得我对你爱得不够。而我呢?我从心里说,我是非常爱你的,并自己下决心以后一定好好待你,一切方面决不辜负你,这样你会改变你原来思想上的疙瘩的。但是在实际婚后的生活中,做的并不是那样,违背了自己的决心和诺言。沉

醉于爱情的满足,疏忽大意的情绪,结果这个又与我思想上的封建意识、骄傲自满等坏的思想作风结合在一起,我犯了进一步的一系列严重错误。

7. 婚后的伤心事

筱玮呵! 婚后我认为我们是抱着完全不同的思想态度的。我是高兴自慰,心满意足自己的妻子和爱情,我并没忘记自己的诺言和决心。我希望和睦的家庭、幸福的生活使我们共同进步,好好工作,不辜负党和国家的信任、教导和培养……而你呢,我认为你期望是有的,但是对爱情等许多东西,你开始就抱怀疑态度,⑤你好像开始就抱着一种临时的想法,⑥没有共同生活一辈子的态度和决心。你待我至少也还是抱着一种考察等着瞧的态度。如果说在我们建立感情之初,"你以同样的爱来回答我的爱情",但在婚后你并不是这样。事实也是这样的,如你稍有一点儿不顺心的事,就随时离开家,有时甚至是深更半夜,这在你生孩子以前,就不下十好几次。这还不说,另外,在婚一个多月后, 我们就有孩子了。但你说过由于孩子是我的, 你感到耻辱! 孩子生后你骂过: "鬼家伙, 死掉算了!" 筱瑞呵! 这种话难道是你应当说的吗? 这与你的应有的思想品质相容吗? 不违背做母亲的良心吗?! 这种话, 它无情地摧残了我的灵魂, 刺痛了我的全部人格。只要我一想到这些, 我只有用一种无比的毅力和理智才能抑制住自己心里将会焚毁一切的怒火! 也是由于这种火吧! 它导致自己产生了以后较之过去更严重的错误。

筱瑞呵! 对上述这些, 是过去的思想和态度, 但自我们家庭分歧发展到严重程度后, 近一年来我冷静地想过许多许多的白天, 无数的不眠之夜。我认识到, 如果说你上面做的和说的是错的话, 那主要是由于自己婚后的生活实践证明了我违背了自己的决心和诺言而引起的, 错误主要是我! 我不能, 也无权责怪你了!

8. 不可宽容的严重错误

亲爱的筱瑞: 我们的小生命诞生后, 我的一切作

为不论是过程和客观原因是什么，我的严重错误是肯定的，是不能以任何原因来加以否定的或者减轻的。在许多方面我同意你的分析和批判。不管我的思想动机是什么，而对它的客观效果我应全部负自作自受的责任。

但是筱玮呵！对这错误是否是完全得出像你所说的那样的结论呢？我把我的实际想法告诉你。第一，当时我们两个之间闹意见了（说实在的，开始主要是来自你的误会，如：我去医院接你慢了呀！上班说也不说就走了呀！而我对此并不理解你的心理和你的处境，所以我并不在意），但我同母亲之间的纠纷闹得并不亚于我俩间纠纷。当时我处于四面楚歌之境——母亲封建和妻子不理解的责难，事情的发展，便使我憋了一肚子的闷气，结果带来了严重的不可收拾的爆发。筱玮呵！我这样讲绝不是要你原谅我的错误，而是说我并不是像你说的那样，什么我根本不爱你呀！存心要闹一下休妻了呀！等。发生错误的原因是:一方面是那段时间的闷气;另一方面是对你以前的态度,由于对自己在家庭生活上的错误认识不足,还有点对你的怨气。两方面结合起来,结果一时闹得不可收拾,犯下了一辈子无法洗刷的错误。

二、我骂了你,这也是不能以任何客观原因来减轻或否定错误的

我也不同意你的结论的。如:我说你"世俗观点""像家庭妇女那样"等,当时指的主要是前面1.2.4.5.点中说的事实上,你持的态度和对我的指责而说的,不要把它扩大化到一切方面。事实上我并没有指你一切方面。而对上述我所说的话,我现在认为自己是错误的,后来在家庭生活中,像上述那样说你不对,说你心情狭窄也不是主要的,主要的是我不懂得爱人的心和我没有很好地对待自己的爱人。

另外,我还骂了你一句粗暴可耻的话,这也是不可宽恕的错误的主要点之一。但是我认为你不应把它扩大到这是对你的全部否定。而事情的当时是你

赌气在解脱几天后去洗冷水，我才骂你的（这不是说骂得对而是不应当把它扩大化）。⑦筱瑞呵！解脱后，难道我没对你说过吗？我说："你绝不要洗冷水，我听林莹莹说过，她说她洗了冷水，以后手腕还痛呢。"后来妈妈不准我洗，我偶尔趁洗澡的机会躲着她洗（这是我应尽的义务和责任）。⑧另外，我去上班时，我对你说过："有的可以等我回来洗。为了孩子换得过来，你洗一点儿的话，一定要用热水。"难道这话没说过吗？总之，我骂人是粗鲁无礼的，但不能扩大化。我现在是，过去也是这样认为：你的思想品质我是无可指责的。你的政治上，业务上，为人上各方面的表现的优点也是肯定的。

总之，还有撕你的衣裳等，我错到头了。你对这些事情采取什么态度，我不能、也无权提出要求了（因为我已经是严重有罪的人了呵！）。但是我是有认识了的，认识不到的地方，你可以批判提意见，我自己也决心不放任自己继续错误下去！在家庭问题上

我已错到悬崖边上了，我不会让自己掉下去的！（以上是14号写的）

筱玮批注：我的错误是什么？

注①：我的错误也就在这里。我是多么后悔啊！一辈子悔恨不尽，当时就应该一刀两断！

注②：反过来，我倒是看错了你。

注③：不！无情的事实说明，我们的"爱情"给我带来的痛苦是过晚了，只有无限的痛苦折磨着我的心灵，从你这个人身上我看出，你的过去并不是由于什么"政治"的原因……

注④：你了解我吗？简直放屁！

注⑤：我永远怀疑，从没有信任，事实就是这样。

注⑥：我如果这样想，真是幼稚！唉！〈残〉

注⑦：有意思……

注⑧：是吗？你实事求是地想想吧！

1963年12月14日

1961 年

1962 年

1963 年

1964 年

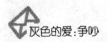
1964年元月19日

军瑞：

　　你的长长的来信收到了，我看了几遍，当我要提笔给你写回信时。我又不知从何写起，无限辛酸的回忆在我脑子里出现，你受了冤屈、凌辱、诬蔑……好像你成天在伺候我，而付出了很大的代价。可是你随随便便地伤害别人（轻率飘浮），打人、学人这都无所谓，忘掉过去！但拿什么来担保未来？既然你对我无愧，好像我还从你那儿获得了不少，那么有什么可以说原谅你这无罪的人呢，应该我来赎罪才对呀?!

　　要解决问题，必须把问题谈清楚。叫别人怎么相信你哩？我曾经很爱你，认为你是善良的，当开始时你对我说希望我帮助你改正"对人方面"（意思是这样）的缺点，我认为是很诚恳的。你的很多事情我不去计较，只是现在把它联起来想了，对于你以前对我的伤害我只是哭哭啼啼地跟你谈，你最好回想一下我每次哭着跟你谈话的情形。可是日子久了，伤透了心，也就无法办了，你以为人是机械，无所谓，不爱惜，搞坏了，可以修，丝毫可以不保持原来的痕迹吗？我发现你虽然口头上说希望我帮助你改变劣性，可实质上你瞧不起我（我们打开窗子说亮话，不同意的讲出道理来）。你曾经想"连朱筱玮都瞧不起我"（那意思是说她这样的人……），所以不论你在谁面前伤害我，要说明"你没有什么了不起"。你当着我的面在女同学面前放肆，不论是在学校还是到北京后。我毕竟跟你结了婚，在婚前由于这些我对你有不好的看法，我不认为你的品质很坏，可是我怀疑是你的"爱情"这个东西，什么是"爱情"哩？我虽然答应和你生活在一起，可是我敢担保，我从未说过我永远爱你（我在信中曾写过我只爱你，那是在钢厂写的），因为我说不出口，请你原谅我伤害了你，我今天写信是抱着好的愿望，希望解决问题，因为还是有些基础的，但非得把话说出来。

　　婚前我是伤心,可是还有感情,你还再三说婚后对我好,要改变我的看法,我也爱你,那就瞧着吧!"路遥知马力,日久见人心",婚后不到两年,在这过程中,生了孩子。生孩子对于母亲来说是多么幸福的一件事情啊!生孩子本该给生活增加乐趣,生孩子使我身体虚弱,可是回想起来……我尽量不让自己去想,想绝了,有时我真想离开这个世界,还需要多少遥远的路程,多长的时间,什么样的紧要关头我才能识别马的好坏啊?!才能看破人心呢?

　　我现在的身体,以及当我在周围同志面前为人时,经常使我想起往事,不禁气愤万分,无法再恢复我的心情,一个耳光和你对我教育似的训骂已经给过去作了总结,至少在我心灵深处刻下了这一点。

　　我多么渴望家庭的幸福,可是我又是多么遗憾!

　　……(以下删除)

筱玮

1964年元月19日

1964年4月15日(1)

亲爱的筱玮:

　　你好! 这封信往哪儿寄呢? 往哪儿去寻找你的踪迹呢? 我真有意见, 只说出差, 可是出差到哪里呀? 出差那么久也不给写几个字, 真不知你为什么要这样待我。我出差贵州给你五次信, 你给我一封半信, 同时哪一封信不是写的你悔恨一辈子、悲伤、伤心之类的话呢? 我们之间的感情为什么这样不平等, 我的百般顺从、全心全意只是些这样的报答……当然你会说我这是假心假意……你不止千百次地这样冤屈我的心灵。总之, 在家庭中我只是一只无罪的绵羊, 它的命运就只能是忍受凌辱, 使唤和无故的责难。分别后刚一个月就这样, 可能时间长了, 三个月、半年、一年, 在你脑子里也就淡了。这不是很明显吗? 我总是

059

把我们的共同生活、命运那样密切地联系起来，而你呢，经常申明"你是多余的"……想起你付出的都得到了报答，付出的爱、获得了幸福和享受。打你的耳光也没有恰如其分地报答你。这些，想起我忍受的、付出的和得到的报答，此刻真使我泪下、寒心。真的，我曾想过，对我们共同生活的前途，我随你怎样安排，一切都依从你的，也许这样你会生活得好。工作、政治思想各方面能更好地开展，取得更大的进步，但是我一想回来，我想到我待你无愧，当家庭矛盾出现之后，我总是俯首帖耳地百依百从，希望你正确地了解我，我知道你的品质中无毒素，你主要是曲解了我，冤了我，我深信总有一天你会了解我的，我到农村后，也深入地了解了自己一贯的自大、粗鲁，伤害了妻子与周围的人！所以与同志同事的关系也并不理想，我多么希望你能抑制我的这些劣性，帮助我，用妻子的感情来融化我的这些缺点呵！由于我对得到的报答不满，我说："不行，我不能让你离开我，我虽不能占有你的心,我也得占有你这个人……"但我也更多地安慰自己说,不,不会的,只要我诚心诚意,全心全意对待你,没事后你总会了解我的。"路遥知马力,日久见人心"这话是对的,就这样,我这种时而失望,时而具有信心的念头,反复地在整个我们共同生活的日子里折磨着我。这样心思折磨了我的身躯。在婚后优裕的生活条件下,我是那样惯常地消瘦、面黄,但我对吃穿零果毫无计较,计较和苦恼的只是妻子待我的感情和分散了我的工作的精力……

亲爱的筱瑞呵!不去想我的过去吧!原谅我这有罪的人吧!让我们共同来创造我们共同的健康思想,把全部精力付之于政治和工作进步吧,我们一定要,也只能是在我们别后的一年开始更美好的生活吧!在这大学、大赶、大比、大帮之年,在我经过这一年的劳动锻炼之后,改变现有状况吧!这应当是我们党团员的责任。

给我写几个字,以后你至少半月给我一封信,不

求多，但也可谈谈你的情况和孩子的情况。我多么思念你们。你责备我的前几封信，你丝毫不能理解我的心情。

我到这里的第一天起，就无时无刻不在思念你和孩子。孩子怎么安置呢？你被孩子拖累着，身体怎样？政治业务进步怎么办？在这新的跃进形势的前夕，我们都怎么跟上形势，等等。到这里后，极不卫生，吃住不惯；到这里后我的痔疮复发了，比前几年厉害多了，痛和流血特多；除此以外，大病不多，小病不断，这些事我不想告诉你，免你牵挂，还要为我分心。但是你就以为我是无忧无虑吃喝痛快……我在千里之外，对你和孩子牵挂之甚，是超过一切人的。但我知道决不能因此影响劳动锻炼，当我想到多少革命前辈别了妻儿投身革命斗争（这决不能说他们无情，也不能说他们毫无思念之情），他们为大我，暂时牺牲小我，而何况我们目前的状况与他们的情况不可论比呢？所以我也希望你以工作、业务、政治进步为重,摆开或尽量减少牵挂,把主要精力集中起来,使你今年在政治业务、身体健康方面打一点儿基础,集中精力搞点基本建设。

下次再写吧! 下面有几件事情与你商量一下:

(1)给家里写信后,哥哥给回了一信。今年三月十一日(阴历只几天了)爸爸七十大寿,妈妈正月的六十岁。湖南的两个姐姐要到仙桃做寿,据说还要来北京,由于家里知道我们经济状况,故妈妈意见是望你回仙桃一趟(除政信之外这是不可能)免得她们来北京。

希你在生日时给家里写封信,可能的话这个月给家里寄20元(想点办法)。

我准备去信叫姐姐们不来北京。原因是说你现在已出差在广州,回去后马上要去南京,今年不可能在北京了。另外给哥哥讲讲我们的经济状况,推脱推脱,你可对上口径写明一下。

(2)请你在下月或最近给我寄一点儿槐角丸(五包)化痔丸①(五包)。药不要太多,另外寄六对小电池(在五六月寄都可)(电池三毛一对)。

(3)在经济支出上,反正就是那么个情况,我没有任何意见,你设法安排就是了。先别想什么积蓄,够开支就行了。吃要吃,顾你身体需要。另外,一年后你应长胖一些,这是任务呵。

我在这里一定控制在15元一月,由于去外搞宣传,多花了几块,两个月可以平衡过来勿担心。有的人20元一月也不够花。因为他们每礼拜休息一天,都上县城洗澡吃喝,一天2元多。我一般不去,去的话赶回来吃派饭(3毛一天),这里离城仅五里地。

(4)这里红糖1.08一斤,娄底多少,不知道,我想买点寄去,你看可否?主要是看价钱贵不贵,合不合算。

另外,你给我评了功,谈了以后,真的使我偷偷地哭了一场。以前我总怪你不肯定我的优点,说我一

---

① 槐角丸、化痔丸:两种治疗痔疮的中成药物。

钱不值，瞧不起我，不爱我，没感情待我，这再一次说明了我是了解你的——你是我的好妻子，但你在某些方面深深地误解了我。这封信写了很多了，也不知你回京了没有，下次我再给你评功，评功信上不能写别的，只能评功，你说是吗？

上面说的吃喝身体并不太顺利，这是大家都有的现象，比较起来我还是好的呢！勿用挂念。

紧紧地拥抱你亲你

你的傻子丈夫

快点来信吧！

军瑞

1964年4月15日

今天止到此已40天了，去了劳动锻炼时间的八分之一了，想来时间过得真快，让我们春节回家胜利团圆吧！

哎呀，思念你呀！心里的滋味真难说。再一次吻你！快点来吻掉我眼眶的泪水吧！

1964年4月15日(2)

军瑞:

　　我14号晚上由娄底回到了北京,离别了孩子和故乡,那种感情是无法形容的。今天我就上班了,接到了几封信,现给你寄来。

　　自从3月4日你走了以后,我工作较忙,可以说很忙,并且下决心将孩子送回家,因为我感到身体实在吃不消,因此晚上有点时间我就做回家的准备。我上次信(临走给你写了封信)说,那时正当我们评功摆好,日夜忙,直到走的前一天我还在上班。走得很匆忙,三月份我没有给你家寄钱,四月份发工资时,我在外是批公家的钱用也未取寄,现在情况即是这样结果。我真担心我刚"放下一个包袱",思想上又遇到这么个难题,也不知怎么办,我不是担心别的,现在我的思想是够乱的啦，我是害怕再吵吵闹闹的。我已经为这件事情丢尽了脸。回想起来就伤心和害怕，我真未想到自己也竟落入这样的一种情况中。因此，我向你建议，你应该每个月至少给你家去一次信，每月寄钱我可以办理，至于寄多少看你的意见如何。你跟你家里好好商量，尽可能地多支援他们，明天或后天我马上给他们寄20元，因为出差回家用了不少钱，现在还未结账，不能多寄。另外我还未拿到你的工资（不知道是在谁手里），你可能很忙，抽不出很多时间看信，但我看你已经给我写了几封信了。你以后在能抽出的一点儿时间中不用给我写信，就给你们家写信吧！这作为我对你的请求，我并不要求你给我写信而耽误时间。至于我现在工作也非常忙，并且每当我感到应该写封信时，我的一种非常难以说明的心理使我住了手，因为你使我在他们前面丢了脸，你们全家人都知道了这些情况而不了解我。也无法说清和无法使我自己平静，也只好这样了。让别人去诅咒和

说我的坏话吧!

今后我给家寄20元,给筱琼7元,我自己的生活费用是连吃带衣每月20~25元!其中包括买书等等花了20元,寄给家里作为孩子的吃用和对父母的安慰。另外还要弄清还给别人钱。

你看对今后的生活如何安排,有必要时可以将收音机卖掉,我并不需要它。

你的父母是劳动人民出身,是苦水里熬出来的,在下放劳动过程中,你又深深感觉到这一点,希望你不只停留于触景生情上(你大概很喜欢这样,见山有对山的感想,见河有对河的回忆……)。由于这样你对你的父母是孝敬的,你也应尊重你自己的人格(请你原谅我对你提这一点),经常给他们写信,在经济上给他们安慰,并且要考虑到后事,你跟你父母兄弟好好商量。把家里好好安排一下,你在他们中应该是有威信的,你可以拿我在他们面前随便地给上一个耳光,那么你本应该更有魄力把其他事情处理得更好点。

如果工资还是在北京的话，我每月发工资后给你家寄钱，在这个月时你应给你家写信，每月给他们寄多少，来信告之（只写简单的几句就行了）。

此外筱琼给你写了一信，也顺便寄去，没有时间不要回信，我要给她回信了。已经很晚了，下次再谈。

祝

好

孩子很好，不必挂念。

筱玮辞

1964年4月15日晚

1964年4月20日

军瑞:

　　我既然说了人不在京就够了。5月再寄上20元，我还买点糖果手绢寄去，此外我就不知怎么办了，背的债只好慢慢扯。你看如何。

　　得知你们生活较苦，痔疮复发，我很挂心，现在市面上没有槐角丸，下月看有否，和电池等一并寄来。你不要吃辣椒和刺激性的东西，要多喝水，这样会好点的，另外是不是要将生活费加到20元哩？来信告之。

　　希望你好好劳动，锻炼和提高自己，群众关系、同志关系一定要搞好，既不要自卑，也不要自大，自高自大，不虚心学习，自己不是要说成是，这是前进中多大的敌人啊！你愿意吗！如果你不愿意在别人面前谈论，那么你也不必反驳，先静下来、想想。你在劳动中一定要搞好和别人的关系，一个人没有知心人，没有友谊，那是最痛苦的事之一，要尊重别人，别人才能尊重你啊！对待同志也要严肃认真，不能凭一时冲动，这是我的看法，你的同志关系并不坏，只是应搞得更加好，另外我还认为，你应该抓紧时间学习，不论是业务还是政治理论，没有这个真不能胜任工作，真正骄傲的人，应该过得硬；又要自高自大，又没有本领，那是很恼火的事情。我主要是当心你一年后回来业务生疏了，当然你不要背这个包袱而不安心，能否想点办法解决点哩？你是否把《俄语语法》第一册拿走了，我在家找不到。

已经深夜了，晚上开会就到9点了，回来干不出什么别的，就动手写信了。

我目前感到压力大，业务水平差，决心赶上去，我看书的时间还是抓得极紧。只是早上还懒点，6点半才愿起来。我的脑子差，知识也不多，我非常着急

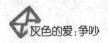

这一点。

　　我8月或者还晚点时候上南京也可能一年，那么我们就把时间错开了。孩子不知怎么办？我是想越早接最好，但也没从多方面考虑。如果是我年底去南京一年，那么我们要两年才能见面了。我也不能在北京接你，你一个人到京，那时再商量。我不在孩子还是不要接，你可安心学习提高一年。遗憾的是我们竟要分别这么长的时间，有时间给我来信，想念你，不知近来身体如何？

筱玮

1964年4月20日晚12点

1964年4月27日

亲爱的筱瑞：

　　你的来信收到了，从来信中看我的前一次信大概你还没有收到就给我写了一封信。收到了你的信，总算是有消息了，也在我无限的苦恼和沉痛中有了你的消息。不知怎么的，不管你怎样的诬陷我，我总还觉得信给了我痛苦中的一丝安慰。可是你呢！不管我的信中有多深的感情和思念，你还是那样的冷酷无情地待我，我深深地理解到这当中有那么大的感情上的差距呵！你是何等的弱待我，待我是何等的不平等呵！

　　我除了打了你——这是罪该万死的错误外，我思想上总觉得没有其他太对不起你的地方。我只有一片热诚待你的心，生活上我无微不至地关心你，希

望你生活得愉快高兴,希望你一切方面都无所顾忌地发展上进。可是现在造成的痛苦,折磨你,也超出你千百倍地折磨我呵!

我最近28号要调到新好生产大队去搞"四清"①工作,到那里时间约有4～5个月,下次来信请写到新地址(部里下放干部)。

亲爱的筱玮,请你想一想,我们之间这样下去怎么行呢?前途你作何打算!到底我对你有一点儿什么好的地方没有?除了我干些家务事(你说这仅仅是对孩子的),对你个人到底有什么关心没有,请你说一说,我到是怎样一个坏家伙,你说几条,除了你说的我是一个什么女人都行的野兽(我要抗议!抗议!!!),对人没有感情,是个没有人的感情的人以外,还有什么?写到这些我都想要同你拼命了。我的脑子都得脑溢血了!!你知道你一个多月没给我写信,我是多么想你,想孩子呵,在外流动搞反修宣传、

① 清政治、清经济、清组织、清思想。

到落户的村劳动、白天晚上都挺长，没时间想这些，可是总不能躺到炕上，一躺到炕上就思念家里，想你和孩子，就想到你为什么老不能回心转意，为什么对处理好家庭问题不能拿出一点诚心和好的愿望来！这样我每天都只能在十二点以后睡上四五个小时，加上该死的疼痛折磨人，早晚喝糊糊，晚上尿二至三次尿，晚上根本上都是迷迷糊糊地折腾过去的！

筱玮呵！我诚心诚意向你认错，向你认罪，打了你我错到顶了，以后一定悔改，请你最后原谅我这一次。以后永远不会再发生这种对不起你的事情，请你相信，我今后一定保证做到。如果再有这种事情发生，一切都听从你的，保证不再会有这种事情发生了。（朱筱玮批注：你到底为什么要打我？）

亲爱的筱玮：让我们冷静地在分别的时间里想一想这几个问题：

（1）构成家庭的基础是什么，是一些什么？

（2）在当前我们家庭的分歧（不是分歧，你还说

过有原则和分歧吗？主要是你不愿意最后原谅我一次）情况下，应当怎么办？我们从什么愿望出发，抱什么目的来处理问题，为了解决家庭的分歧，你要求我作出些什么保证（我一定做到），为了这个我愿意作出95%的主动努力，只要求你作出5%的响应，起码你应当给我改正错误的机会呵！

当然你经常地写我什么没志气、懦弱等，但是你可以相信，我在政治业务进步方面是会很好处理的，我并没有缺乏政治灵魂、缺乏生活的原则性，不论在工作还是家庭生活中不会只凭个性（朱筱玮批注：那你凭什么打我）对待问题，还是一句老话："谁愿意保持目前的家庭状况的局面，那才是真正的怯懦呢！"为此我一定向你再三地提高呼吁，呼吁我们都共同拿出生活的原则性来，也要拿出我们党团员的责任感来。

当然，我犯了严重错误，对不起妻子，这前面已经说过了，我不责备你其他什么，只责备你不愿意最后原谅我，宽恕我一次，我感觉你在家庭生活中逼迫得我走投无路了！但是不管怎么样，我心甘情愿地愿为改善家庭关系作出一辈子的努力。

另外，还有几件家务事谈一下：

(1)以后按你说的，我每月给仙桃写一次信，给娄底写一次信。说实在的，自去年以来，我很少给家里写信，我在孩子出生以后，对妈妈气极了，她老和你逼得我不知所措，气她封建思想严重，对我耍出了她对哥嫂过去耍出的那种惯技；气你不能同我合作把事搞好，尽个性办事多，不能理解我对你的一片挚爱之情。你和她两面夹攻，真是气得我会砍死人的，我只可怜爸爸。

(2)关于以后在经济上，帮你按时每月给寄10元。家庭经济过去我们并没有乱花，你掌护得挺好，目前的状况就是这样。我每月15元，确实挺紧，但也过得去，加之我从家动身只16元确实紧一些，人家都是20元一月，加之来时带得多，还叫不够呢！收音机坚决

反对卖掉！

我跟家里算账是寄仙桃10元，妻底20元，筷探7.5元，我25元，党团会费电水煤火费15元，你在北京一月还没30元了，加之出差贴补，每月还不够花了。目前还欠了债，我勤俭地用，你勤俭地用，争取先还清债，慢慢积蓄一点儿。

父母的后事，不用太急，首先是爸爸的丧葬费不用操心。（无后400元还不够他花[公家丧葬费]？母亲暂时还死不了。）

（3）希望你在今年把政治进步、业务学习、身体抓一下，请你相信我，我对你是诚意诚心、真心真意的，只要你原谅我过去的错误。我知道，这错误是严重的，不同于一般的家庭争吵，但我真心实意会悔改自己的错误的，如果因此影响了你的政治、业务进步和身体健康，这是不应当的。

说实在的，目前我生活上的苦，思想上的苦，工作劳动身体上的累是很重的，但是我只要在工作，在劳动,我就全力以赴,忘掉家里的苦恼。只是睡不好,每天都十二点以后迷糊一阵子。往床上一倒,都抛不开家庭的烦恼,就想到你不肯原谅我,硬要把事情往坏的方向弄……但是我是有信心,有决心把今年的劳动锻炼搞好的。这是党对自己的培养。因为目前是党考察干部的新"五四"时期(五反①、四清),我到农村两月了,搞了半月反修宣传,现在又去搞"四清",实际劳动不到20天,自己感到锻炼的机会太好,机不可失,时不再来。让党将来在考察自己的时候,会说是"五四"时期的好干部。这是最重要的了。

两月来收获不少,不管你说我见山叹山,见河感水也好,我以后还是要同你谈的。已经写了不少了。到屯后再给你评功,明天就去屯公社。前几天在县里集训,时间挺紧没及时回信,盼你的来信。县里集训,伙食每天5毛,改善了一下,生活还不错。

---

① 五反,指1952年我国在全国工商业中开展的反行贿、反偷税漏税、反盗骗国家财产、反偷工减料和反盗窃经济情报的运动。

目前突感精力不足呵!亲爱的筱玮我多么需要你的安慰和鼓励呵!我哭了!

今天没劳动,在家里洗衣裳,明天一早走。下月发工资后先给我把茶寄来。槐角丸、化痔丸一样几包就行了,经济紧张,电池可以六七月再寄给我,谈谈工作学习生活吧!

亲吻你

你的可怜的罪人

军瑞

此 4月27日

急盼来信:

工资不知你拿到没有,没有拿到的话,打个电话给陈贤南或赵玉巧要她们给你捎回来。

1964年4月29日

军瑞：

你的来信接到了，这是我刚刚从院里参加晚会回来。今天29号，后天五一节，这里照例开了晚会，每个室出了短小的节目，穿插在午会中，节目我参加了（非参加不行），因此也参加了晚会，回到家来已是10点多了。

老实说，我一边往家走一边在想你，要是你在家我们一定一起去了。又想我现在回到家你在房间里就好，因为我总希望你们能在五一节放两天假。你突然地回来了，我虽然很生气，可是我未接到你的信时也生气。今天接到你的信，尽管是10点多了，为了满足你的愿望，我马上回信。你是不能回来的了，前几天张颂和出差回来时我就希望你也能回来，但每当我

看到别人和和气气、有商有量时，就勾起了我十分痛苦的回忆，你要我给你举几条又何必哩，难道我还说得少吗？

在产后的两个月里，我得到了你什么样的关怀呢？你就说说吧！你也回忆回忆吧！你不但不关心我，并且对我起码的同志尊重都没有，动嘴就骂，动手就打，我又有什么了不起的不对呢？发了工资我分文不留，最后连电费的钱（四分钱）都要跟你拿，我愿意尽我的力量做得好些，可是你，是我不愿和你合作吗？你什么时候跟我商量过？我苦口婆心和你说过多少次，但你说过好听的话没有？要不就是不理，或者就是猪一样的家伙，不堪教育……头一天打了我后还使劲地把我往床上推（我真后悔当时没有离开）闹得一夜乱七八糟，你马上感到你不对了吗？到了张颂和那边还说我们有原则的分歧，既然有原则分歧，为什么还要共同生活下去，原则在哪里呢？第二天撕破我的衣服，一直到这次春节吵架把钥匙丢了，把孩子锁在家里哭！在这之前你写的什么话？根据这些我又如何评价你呢？你是如此粗鲁，你是什么东西啊！请原谅我，每当要写这些时我无法抑制自己，除非以后我能把它忘了，或不想起它来，我倒是觉得你的父母没有什么大不对的地方，他们是你的父母，在他们面前你是怎样待我的，你要我怎样做人，那样说来，好像我真是一个不堪教育的坏家伙，你不是要尽量在他们面前造成一种这样的印象吗？从来没有人这样侮辱过我！告诉你，我永远也忘不了，侮辱！这是什么样的侮辱啊！我偏偏要给你们一点儿颜色看看，但我决不是不懂得和不堪教育的，我自己坚决相信我自己，我曾经在你打了我之后上气不接下气地在张颂和家哭着说（这也是丢脸的事）我什么都可以做，只要丈夫了解和安慰我，拼命干也愿意啊！如果你没有这样损害我的人格什么问题都好解决，我对你不平等吗？我给过你对我这样大的侮辱吗？我在产后并不比你现在轻松愉快，我请求你好好待我，我不是躺在床上

哭着对你这样说的吗？你以后还是怎么样呢？你当时为什么就不会冷静下来跟我讨论一下问题呢？犯愁了还抽烟，早上去上班我从窗口看着你披着衣服，口里含着烟，我心里的感情是无法形容的……（我就知道你不守信誉）不洗裤子不洗尿布，从来不会在房里留一分钟，就好像我是偷来的老婆一样……是什么事使你当时这样对我哩？我终始想不通，又想得通，可是我认为的这些结论都是你否认，但我现在还认为是没有人可说服的。两个月的时间，种种的事实拼成我现在的感情，生完孩子，就不说我是怎样需要关心和照顾。在旁人看来，有了个孩子是多么可喜的事情，因为我为我们共同生了个小生命，可我得到了些什么哩？凭着你对我的种种不公，我对你要怎样平等哩？你也说说吧，你这样对我又怎么说得过去哩？你说你母亲对我们使用了对待你哥嫂的老一套，可是你哥哥是怎么处理的哩？你一定会说你嫂嫂比我好，那也是可能的，可是那是你瞎了眼睛啊！你不但侮辱了我的人格，还侮辱了你自己，你妈不经常说吗？你自己找的嘛！好的有的是，你不要了何必跟我讨罪受哩？我是如此的不堪教育，但在你父母面前，尽管你打我还是没有教育过来，你又怎么办哩！你说我不堪教育，我就偏偏是个孬种。你要我说我就说这些，我上几封信也有写这些问题（打了问号的），还要向你谈什么呢？难道这还不够吗？你就给我回答那些问题或谈谈你的看法，以后最好不要再让我谈了，你想得到我的安慰就多次提要我谈，我本来就谈够了，你自己没有认识到这些，你认为你一切都是对的，当然我怎么也谈不清的。

　　我曾经说过（你给了我这样的印象），有了困难，需要我时，你找我；当你愉快时，有了亲人，有人对你好，关心你（至少你这样认为）时，那我又算得了什么哩？我现在照例这样理解问题，因为一次又一次以及关键的时刻后我说明了这一点。既然现在你又说，改变我们的情况吧，让我们以后好好生活吧！保证以后

不会发生如此的事情,军瑞,我也很愿意啊!不过对我来说,如果真的,从此以后,我们的共同生活很幸福,那我也是很愉快的。(我会为这付出努力的,不会只5%,过去尽管少也不只这些,至少是10%)如果将来有那么一天又来了,我可能也不会觉得奇怪了、悲惨了。因为从前从你的感情中说出来,我是不堪教育的坏家伙,我们有原则的分歧,这都是很使人有反感的因素嘛!

我总是忍不住要谈这些,可能给你带去很多苦恼,这些本来就存在着,把问题说清楚、说痛快,我并不比你好多少,你上次就说,好像你总是在家做牛做马,吃穿你毫不计较,这也有意思,这话又怎么说哩?你做牛做马,我什么事也没做啦?享你的福啦?你吃穿不计较,我又比你好吃好穿了什么哩?这些谈起来本来就没意思是一种斤斤计较,你就不会好好想想吗?你说哩?

好啦,不说了,现在已是12点了,糟糕。

我想下月给你加到20元吧！你可用得稍宽点。身体要好好爱护，我现在才真心体会到有一个好的身体是很幸福的，我本想在五一以前给你寄药去，顺便可以寄点心意去，但是我只剩两元钱过这几天和五一节了，不行啊！只好寄给你用好了。你们五一节是怎么过的哩？以后来信告之，我五一节不去游园，也不去狂欢了，因为我来月经了，只看两场电影好了，其他时间处理家务，看书。我回来后第一个星期，看书抓得较紧，一点儿也感觉不到寂寞，只感到紧张，这几天不行了，五一来了，比较杂，我自己思想上也有些问题，对工作的经验和知识缺乏，有些情绪（内在的），想孩子（家里还未来信）想你，也穿插在中间，思想有些不集中了，不过尽管工作学习方面的压力大，我现在还是没有放松的。学习"毛选"，在送孩子以前没有什么时间学，现在深感不足，得补上，以后有"毛选"我会逐步买齐。山西有否，我想买两套，咱们一人一套方便，不过现在一套都没有。

五月份我们要去小铝厂,什么时候未确定。先做扩大试验解决大分子行不行的问题,提供设计依据以后反过来找好条件,这样安排快些,到去时再告,可能中旬,你家的人最好不要来,尽量动员他们。我又申明,不是我不好客不懂事,我认为必须先从工作出发。我现在需要时间学习,全力以赴投入工作,否则一月一日一年年挺下去,完了,真不行啊! 我们这样的年纪,过一年(往往一个月都是关键)两年就三十岁,工作呢? 成绩呢? 因为现代妇女的主要任务还不仅只是一个贤妻良母,当然要处理好家庭关系。这是我目前的工作情况,生活还好,有规律些,一天三餐没少了,早上和晚上吃得较简单,中午我就吃好点合口味点多吃些,就这样,我自己认为很好,比起你来好多了,我知道你很苦,但是也一定要好好锻炼,晚上好好休息吧! 如果你真是好样的,是诚心诚意待我,放心吧! 我决不会亏待你的,我也没有亏待过你(这只是相对你对我来说的)。

你不必每月给娄底写信，有空写几句就行，我以后会写的，因为我要经常知道孩子的情况，工资我拿到了，否则我无法报账，反正这次回家和回来后给你家寄钱后我又欠下了共40元债，加起来就是120元了，搭你买皮毛的是45元吧！这几月我要集中还清，欠了不舒服，好了，下次谈。

妻子筱玮

4月29日晚12:20

1964年5月1日

军瑞：

　　本来在接到你的来信的当天晚上就给你回了信，开了个晚车，但信到今天还未寄出。

　　你近几天怎么样，到了新地方好吗？你们吃多少定量？我知道你们那儿生活是比较苦的，我很挂念，怕你的身体吃不消，使身体越来越坏，离家这么远，你就好好照料自己身体，不要将身体弄坏了，当然，因为你们是下去劳动锻炼，我想你是能吃苦耐劳的，我回忆了一下你以前下农林插秧、双抢①的情况，印象不太深，我希望你时刻严格要求自己，想过去的苦日子，想想二万五千里长征，一定要艰苦奋斗，要做

_____

　　① 双抢：收割早稻之后赶在立秋之前种植晚稻，抢种抢收，所以叫"双抢"。

090

得比别人好,带头干,带头吃苦,而在生活福利方面
多给方便给别人,一定要随时救场,不要自私,尽管
每天吃不饱,也要多顾及别人,你懂我的意思吗?饿
一天几天一年(不是完全没有吃),不会死人,只能磨
炼人们的意志,而如果处处只顾自己,或只有一处地
方顾自己不想别人的表现,都会造成终身的影响。虽
然你来信说有决心锻炼成好干部,但我根据自己的
体会还是要提醒你注意,出身好,吃过苦不能给一个
人打保票①,要自己锻炼啊! 严格要求自己。不知你平
常看了什么书没有,要能带上一套"毛选"或生产修
养方面的书在身边就好了, 可是我买不到也无法给
你寄去。

　　军瑞,我这几次信都谈了很多问题,我希望你不
要把它当作耳边风。你认为我不对的,谈出你自己的
道理,不要你说你对,将我说的放在一边,提保证改
正错就是空话和敷衍了事了。你过去也不止一次地

──────────
　　① 打保票:表示某事很有成功的把握。

说大套使人感动的话,可是没有什么实际内容,老这样下去,问题是不能解决的,我希望你对一切事情都要抱踏踏实实的态度,从现在开始我们以这种态度来商量,我信中谈的为什么在你父母在这里的时候,我产假期间你会对我那样,你老老实实把你心里活动谈出来,否则我是不满意的,另外要采取一些措施(你说主动努力)改变局面。

30号回家来,林莹莹告诉我,你妈又给伯母写了一封信,也有我一封,她说为了让我过好节日不给我看,后我问林莹莹,知道是你妈对我送孩子回家有意见,说是"姜家"的人不该送娄底,对这意见的本身我并不感到怎么样,因为老人有这样意见不为奇,但从这一件事引起了我无限的心思,我甚至认为,我真没有脸见人,我气愤忧郁,因为我心灵深处有着深刻的矛盾,后来我还是决心来跟你商量。你妈不止一次地给别人写信而把我们的信夹在中间,这是什么意思?她老到底还要不要儿女的尊敬,周围都是你的同事,这给别人什么印象，叫别人怎么解理，你去设想一下吧！你既然把我们家庭关系搞成这样，你又不给她们写信，对这些听其自然，如何了结，我认为你要给你家写信，有问题好好跟他们商量，你以前不是说你妈听你的话吗？你应跟他们谈谈道理，不能生硬，告诉他们，给别人写信夹带我们的信这样不好。另外送孩子你是同意的，你是孩子父亲姜家的人，为了她老的身体没有送给她，她带那么些孩子，还经常吃药，能带得了吗？还有请你从她们那里收回我的人格，如果你认为骂我打我是错了的话，如果你心里认为是我有错，你没有办法打了我，那么你打对了，当然你无法对过去的事做工作，但一句话，不能让这种损害人格的事再发生好吗？因为你认为你做对了，你不去做工作是你的事，但今后的情况我得管。我的人格不容再侵犯，你家里有什么意见，要他们去对你谈，我与你们无干，别牵涉我，我不需要你们再来教训我、侮辱我，你懂吗？这就是你给我造成的后果，好像什么

事情一切都错在我身上，我是不堪教育猪一样的家伙，需要你来教育，打骂，因为我的"不对"你在他们面前教训了我，你就是无可责怪的，难道不是这样？我请求你为我结束这一切，因为我到底还被法律牵连在这样一种关系里。这就是你对我无限的关心和一片挚爱之情的结果，你回忆回忆吧！回忆去年那六七月的好，这不又快一周年了吗？我一提起这些，总是抑制不住心头的激动。我不再往下写了，否则是无法写完的。你说我们构成家庭的基础是什么，老实说我现在越来越不知道了，我无法冷静地考虑，我从什么方面去考虑哩？你最好对这一切谈谈你的看法，我不对的你也谈嘛。把问题说清楚不就好办了吗？

老实说我总想能给你带去一些安慰，但我一写信，很大的篇幅又扯到这些上面去了，怎么办哩？

你说谁维持现状，谁就怯懦，我一点儿也不想维持现状，要么就把问题说明白，好好解决；要么就一刀两断，各奔前程。要解决问题，不是嘴巴说说就行了的，问题太多了。

五一以后会给你寄药去的，放心吧！希望你好好保护身体，好好工作。军瑞你不应因苦恼而影响你的睡眠。你想，晚上睡不好，白天吃不好，拿什么精力来工作啊！利用一些时间冷静地考虑问题是对的，让我们都来冷静地考虑吧！我希望你将这些问题想想：

（1）我们建立家庭的基础是什么？我一直对此抱着怀疑态度所以你提议我想时，我产生了疑问：如何解释这种基础。

（2）为什么在有些场合的情况下，特别是在我产后的一个月中你那样对我，为什么？相对起来，目前我对你并非冷酷无情。你说我曾经哭着请求过你没有，要你对我好一个月，我多么想你能在当时关心我，给我温暖啊！可是你像避免瘟疫一样避着我，因而我气，甚至对家庭关系造成了不好的后果，我的自尊心受到了严重的摧残，我恨透了一切的一切，我哭着请求你，亲近你，你对我有过感情没有（指产后），我真奇

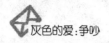

怪,尽管现在我气愤,但当我知道你的情况后,心里很想念,可是你当时哩? 这是为什么哩? 我希望知道。

(3)要冷静地作个长远打算,把家庭关系改变过来,就我的要求来说是收回我的人格,不要强迫我做不愿干的事,有道理可跟我说,我不是不懂理的。

(4)对今后的生活你有什么打算,长远的,你应考虑好。

我首先对你提出这几点要求,我一直迫切需要听你的答复。

可是你没有严肃认真对待问题,我始终不满意。

我希望你以后能回答我这些问题,否则不行! 我越想越觉得拖得够了,每当我跟你谈这些问题时,总是一吵了事,什么问题也没解决,我们都要严肃认真地来解决问题,我认为我们建立家庭的基础是很可怜的,所以才造成了这种结局,要重新开始生活,我只是认为有些感情的基础,我们已成了家,有了孩子,要重新开始一种这样的生活,对过去的问题必须认真严肃。你后来的那种还是虚无的态度是不行的。否则你不但不能获得我的心，连你要获得人我也不干，宁可死掉。

军瑞啊，亲爱的，今晚我刚看完电影，想提笔接下去写几句思念之情，可是一写又扯了一大套，我越来越感到我这种心理状态是难以改变的了，特别是自娄底回来，我更坚定了自己靠自己心理去解决问题的想法，我一定要依照我自己的心里想法生活，否则我不甘心，为什么我就不能获得一般人能有的正常的生活？好了，要写总是有写的，越写越不好。

再见，我希望你重视我所谈的问题，一切从此开始。好好工作，保重身体，有时间多给我几封信，这些问题不要马上谈，但要给我答复，要重视要考虑，不要每次都引起我谈这些了。今接家来信，孩子很好。勿念

筱玮

1964年5月1日

　　这件事一定要做。尽量利用时间好好体验，娄底不必经常写信。

1964年5月6日至7月4日

最亲爱的玮:

　　你好!

　　你20号写的信,北京22号才离开,可我在5月2日才在新的地点收到,真遗憾不知为什么转了这么久。我们婚后我是第二次较长时间地离开你,可是这是第一封使我读得较为愉快的信,谢谢你。

　　首先我对你写信的态度和出发点是满意的,我并不否认我的某些重大错误。你愿意叫我发表不同的看法,这种态度是平等的,你指责我,我也没有意见。这封信中只有一句话我气恼和费解。就是"我只感到我这傻瓜做的方法不对",这其中寓意是什么呢? 是不是说你认为我是对你不"忠诚"的(我否认),你就要有意对我不忠诚呢? 如果是这样,你会良心有

愧，在灵魂里留下污点。请原谅可能这是我小心眼的思想。另外，我从信中知道了你的工作、学习情况，知道孩子的情况，得到了对生活等方面的关心，我非常高兴。你知道我多么想念家里，想念你呵！一想到家，就想到一年多长呵！现在还只刚刚过了两个月，我们那可爱的小家伙，多令人喜欢呵！我把她举起来时，她会哈哈大笑。她最早学会喊的是爸爸，你说是吗？像我像得很，可她的肤色同你一样美，哎呀，我可真想念你们呵！别那么狠心，一定要定期给我写信，难道真的要分别两年吗？可真是天不由人，可怜的小宝贝要这么久见不到爸爸妈妈了。

还是先谈家务事吧！我想说明如下几点：第一，我对不起你的地方很多，特别是打你，骂你，我要诚心诚意向你检讨认错，保证以后永远不犯，请求你最后一次原谅我。可是你信中说凭什么担保未来呢？这个问题只能从两方面来解决。首要的是我诚心诚意检讨认错，挖自己的思想根源，你也可以帮我挖根子,我自己挖出来些什么呢？主要是资产阶级思想和作风。妈来后,我认为你晚上跑到我床边来要钱,去洗冷水,我认为你太不懂事,更主要的是伤了我在妈妈面前的"威信"和"面子",我从来没有在我家里人面前说过你的半点毛病,我过去给家里人写信,没有一次没有夸过你,说你好。你的表现,使我难堪了。同时,我也不是完全没同你商量过事。可是你凶我,不愿意同我商量,在生气。我这样做只是希望采取主动,缓和关系,但我没商量。那天要你叫妈来吃饭,你简直是杀气腾腾地回答我"你别想,永远也做不到",当时我真的心都要跑出来了。当我们两人坐下吃饭,我咽不下,吃不进,想不通。结果气不由人地出来了,结果动手打了你。其后我不准你出去,当然你理解我太狠心,而我呢？确实是自知理亏呀！我有什么权利呢,旧社会这种夫权①思想要反对,当前的任何家中也是不许有的呀！这当中集中地表现了我的封建夫

---

① 夫权：由丈夫专门享有的,限制妻子人身自由的一种特权。

权意识和粗暴的思想作风。说到这里你可能又像过去一样问我的出发点是什么,我可怎么回答呢?有了孩子我们又苦又惊,这是我们共同的第一个小生命呵!父母来了,妻子解胚坐月子,我既想好好地对待父母,又想更好地对待妻子呵!但后来矛盾出现了,我用生硬粗暴的态度对待它,不但没解决问题,而且加深了矛盾。我承认自作自受,我承认归罪于我,但是我始终还是认为你是能起到和解作用的人,虽你没有主要责任,你可以说没有错,但是可以起到好作用的。

筱玮,总之是我错了,虽然我想对你好,在某些方面也确实对你好,但是我的罪恶掩盖了我的好心。这一点前面说了是自作自受。另外,为了今后搞好对你的责任,我认为你应当信任我(你别急,后面有说)。过去的矛盾也由于你对我有许多错误的误解,猜疑多加上还有的个性强的毛病,说这些我并不是对你要求过高,说真的,我知道现在我没有权利,也不想要求你什么,对今后搞好家庭,我决心用自己的行动来担保。对于家庭，我从来没有失去过信心，只有去年短暂的时间里真有过听天由命的想法。但我从来没有过坏的出发点，我的心意永远待你都是好的。当时我为什么说有"原则"分歧呢，主要是当时我认为你待父母的态度不对，你说过父母不勤快，怎么能这样看待老年人呢？

对打人骂人，现在我能做的是检讨认错，接受你的批评，你可批判和帮我挖思想根源，今后我保证改邪归正，你可以相信我。看今后的行动。

第二点，除打人骂人的错外，我承认我的思想作风有问题，伤害了妻子，但我不承认故意要怎样待你，好比对女同学的事、五一的事等（当时我对你有意见，我觉得你同我在一起时，总像我丢了你的人一样，不愿高兴地同我玩），都反映我的思想作风是有问题的。但有时有些问题也由于你心胸狭隘，个性怪僻引起的多疑多想，不少事也是"说话做事人无意，听话人有心"的结果。好比在颐和园坐车回家的事，事

情是这样的，抢着上车以后，你站在我前面，我护着你，不让人挤你，空气不好，热（车内），但后面挤，进来人多，我看这件事你生了气，我好久还不知道，问你的话呢，我有意见。看后面推你往前一点儿，但谁知你已经往前了呢，一推推的是个有辫子的女的，我知道错了（手触到辫子），我告诉你我错了，就是这样，你又疑心了。对于这事，我想总得告诉你一句，过去那位同学她主动提出解除关系的，主要是她看出了我对她感情不好。（我在政治思想基础上认为她不巩固。）她不解除关系，我不会提，但我也不会同她结婚的。除非她有一天入了党，而我们关系还未断线。在这问题上我是禁得起考察的，我没有任性，我依靠了组织的。

其他事情上也是由于爱你，在你面前计较、闹意气，没有注意自己的思想作风和注意到第三者的存在。

第三，关于同父母已闹下的僵局，你说的都是对的，但如何解决，除同意你的意见外，我照做（并同意

104

看法),我还有一点儿看法和意见(或要求),你以后也隔一段时间给我家写写信,对母亲写信,你可把为什么不写信,对我的意见,打你伤你心,对他们讲,我愿意承担责任,老年人也得哄一哄,适当地检讨检讨,我冷静两天,再给仙桃写信。现在我气母亲,她的那套搞法我都知道,什么以父亲的名义写信哪,霸道口气啦,拼命啦,(对她我有什么留念的呢!有什么念念不忘的呢!既念着她又拖住你,我是这样卑贱的人吗?)我真怕这些。你也可以给哥哥嫂嫂写封信,可以把你对我的意见谈给他们听,他们会批评我的,何必让他们误解你呢?我希望这样,是不愿意他们误解你,虽然我已给他们写信了,哥哥不是坏人,嫂嫂也不坏,但据说她对哥哥不忠诚(听说),我气恼,妈妈在这事上也有责任,沉旧思想太重,你以后也应付应付就行了,反正不在一起(据说哥哥揍了她,她赔礼,认错检讨了)。这个意见只是希望你考虑着办,我不是强求,请你考虑一下。尤其是哥哥爸爸,他们没有

105

坏的政治素质和坏的历史社会背景和根源，受穷受苦一辈子，妈妈经常说她做童养媳受爸爸一辈子欺，但我不太相信，她脾气厉害，个性特强，本来她理家有功，但好像爸爸赚钱也毫无功劳。虽然她能干善良，但个性不好。旧意识太重。

今天收到了你五一的来信，寄药的事，没有槐角丸，就把化痔丸多寄几包就行了，电池可以不寄了。听说电池放久了没用了。同时，现在县城里有小电池卖了。

另外，我们都要冷静地讨论问题，朝好的方面共同努力，互相为对方考虑。过去的事情是千头万绪的，你承认你没说过"求医……"的话，但是你也是这样做的，怀孩子没几天你说因为孩子是我的，你感到可耻，动不动有两句争吵，你深更半夜就离开家。而我呢？我认为我有错的话，只应当好好谈，不能采取这般态度，更何况我觉得我是真心诚意地待你的。这段时期中，我一方面总想以行动感动你，另一方面则

106

有些争吵时,我忍不住不和你说。我总感到我全心全意,你可半心半意。你对我要求计较得多,而自己不注意待我心平气和一些。

另外,我又不是无赖,只要你平等待人、耐心。不能一开口就骂人,我觉得是可以商量好的。另外你太不相信人,你既然相信你对我的估计看法是对的,那又何必要我解释谈我的想法呢?

我们这里邮递员两天来一次,为赶上明天的邮差,只写到这里,等两天再写。

另外,再写两件事:

(1)托我买棉袄的事你在北京买了寄给他,这里没卖的,同时队里不准私人寄钱。

(2)生活费不要增加,以后要增再告诉你,让债还清或你去南京后再增也可以。

(3)一定定期来信,讨论家庭的事,也一定要谈谈工作、政治学习、生活情况。

(4)对锻炼好我是有决心的,像这封信一样常提

醒我注意一些问题。现在这里情况我并不落后，但待人生硬的毛病还有（骄傲的表现之一），一定重视，注意改正。

同时为了解决这些问题，一定要冷静，片面性（都有）给我们家庭造成的损失太多了，互相都只看到对方的不好的一面，把对方的不好的一面，断章取义地系统起来，这样问题总是严重得不可原谅。我过去是这样，特别是争吵的时候，现在我不这样了，至少是不完全这样了。

我的毛病，重要的是简单粗暴，我总不会记老账，而你是要多一些。谁也不愿意把家庭闹成这样呵！难道谁开始就抱着这样的主观愿望吗？

另外，我没有瞧不起你，事实根本不是这样。我对我的亲人、亲戚、朋友、同事、同志等，不论任何人面前我从没有说过你半点毛病，都是夸你的，这是出于自己的感情，我觉得娶到你这样的妻子高兴、自豪。我倒觉得你瞧不起我，说得我一钱不值。你所谓说我什么好呀(好比来信上说的)是空的,你在骂我时,解决家庭问题时,什么"无用""没志气""你有什么了不起"都是你说的。我说过你什么"你也瞧不起我""你有什么好看"等,我都是同你端在一起,撒娇似的说的,根本是相反的意思。

唉,我心情还是不太冷静,以后我慢慢地谈,一点点地讲,你也别急。说实在的,除了我犯错有罪以外,你也应当多肯定我一点,除了信上说的,在感情方面难道一点儿好的地方也没有吗?一定要功是功,过是过,像你现在这样,把一切我的错的地方,系统化连贯起来,那我就是漆黑一团了简直是个畜生,不是人了。那你在感情上是宽恕不了我的。但我并不承认我是坏人,我不坏!永远也不会堕落!家里问题主要责任者是我,但我没有有心造乱子,我是有好心的,但好心、心急,方法、作风造成了乱子。照你过去说的,我是一个什么好人都行的人(请原谅我提这个,你不全记得你说过多少这样千斤锤一样的话),

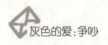

这样我们分别一年，（可能还有两年）看来我是过不了关了。

我也不要一个表面凑合的家，我是为了解决问题，我谈的问题都是真的，没有虚假的，你应当相信我说的。这样才可慢慢解决问题。对于我们有了孩子我是无愧的，因为不是我爱的妻子，不会产生孩子的（请原谅我是反驳你前面说的）。

现在夜晚还是难熬呀！讨来的几句安慰，称不了心呀！求你以后不要去跳舞，可多看几场电影或戏（这不是处于啥歹心眼）。

希望你想法下月给人家皮衣买了寄去，45元以上的也行，把发票寄给他，他会寄钱给你的。

他的通信地点是：〈略〉

下月不要给家寄钱了，看能否集中精力把这件事解决，想点办法。

请原谅，我信中仍有情绪，请别计较，但谨防急躁。

110

你一定要冷静顽强地对待政治进步、业务学习和身体健康，我现在过得还好，别挂心。虽然心情和牵挂多一些，我一定要把工作搞好，现在想业务没什么好处。

　　祝你

　　进步

　　亲你

　　一定要常来信

　　　　　　　　　　　　你的可怜的

　　　　　　　　　　　　　军瑞

　　　　　　　　　　此1964年5月6日—7月4日

1964年5月12日

军瑞：

来信收到。哎呀，真多！别人说：小朱，你的信那么厚，他哪知道，这里面都是些什么乱七八糟的不愉快的纠缠啊！

我不得已要跟你来扯这些琐碎但又是原则的问题，真是恼火！你说我既然相信自己的看法是对的，为什么又要你解释谈你的想法？你连这点也不能理解吗？要是我不要你谈，那就只好一刀两断了，更没有必要书来信往了，你会干吗？你不是要我最后原谅你这个有罪的人吗？真有意思。我相信我自己的看法，我信不过你，直至现在也没有说我相信你。但是我不理解，为什么你既要那样做而又要这样做，我摸不透你这颗虚假的心，所以希望你谈你的看法，我并

112

没有要你来解释，我最讨厌解释，既承认自己的错误，又解释来解释去，白费时间！你根本没有意识到你自己的错误和造成这种严重的局面，简直不可收拾。对于来信你更没有提出任何得体的保证，好像对于解决某些问题都依着我的想法做，并同意我的看法，简直糟糕，我根本没有要你怎样去做，我只是提出我的要求，你自己给我造成的损失是你的事，我有什么必要在你们家里人面前去解释的。你如果愿意朝好的方面走，并且如你所说是"真心诚意"待我，那你就会去挽回你自己的错误。如果相反，就没有什么错误好谈了，那一切都是应该。出于没有办法，那么我也不需要什么，就让它这样下去好了，反正我是我，仍然这样活下去。

另外，你不应该不实事求是，你的记忆力并不差(你还记得那次坐车的事是由颐和园回来)，很多事情都是我们两同时在场的，你还要说走样，如果我不知道的事，那就相差十万八千里，随你去编造了，

我说你好好回忆回忆，是我第一天晚上就坐在你床边要钱吗？要钱本来就不适合，我干吗问你要钱？我跟你完全平等，第一天晚上（这与中午也有关，你接我回来后，就不高兴，连走时我也不知道还是问的你妈，我当时给妈妈的第一封信还未发出，那上面记载了这一切），孩子拉稀，我喊你，你不理，我生气了，就自己去洗尿布，你跑来就说我不堪教育，我当时真气急了，抓着你问，为什么我不堪教育？你大概还记得我那副激动相吧，当晚我哭了一晚，我请求你好好待我一个月（我担心因为情绪不好而伤害身体），第二天早上眼肿得都睁不开了，你的反应是怎么样的哩？我当时跟你说，我要你设身处地地想想，你在你的父母面前开口就骂"猪一样的家伙，不堪教育"，我说，你叫我怎么为人哩，你当时也承认我说的是对的，可是以后怎样哩，你还记得这一切情形吗？而万花的夏天又来了，每当夜深人静，我深深地想念着孩子的时候，这一幕幕的往事，就在我脑子里闪过，我难道应

114

该原谅你吗？你存的是什么心眼啊！这是作风问题，也是道德问题，你能知道这一点吗？尽管我有不对，你也不能没有一点儿同情心啊？虽然我想起来有时咬牙切齿，但当你有病和"可怜"的时候，我还是同情你，对普通人也应有这种感情啊！我问你，军瑞，为什么在月子里整整两个月你对我没有一点儿体贴和关心哩？不论我哭得怎样厉害，你都无动于衷，你说是不是这样，又是什么哩！你这个人呀！一可怜起来哭哭啼啼，一凶起来，那副相呀，我记得很清楚，像要把别人吃下去，你叫我怎么理解你哩。另外，那次坐车的事，你也说得太好点了，你推了一下一个有辫子的女的，我就生气了。哎呀，这样一说我好像神经过敏症了，是这样吗？你为什么就不实事求是啊！这一点真伤我的心。你是本着严肃的态度对待问题哩，还是嘻嘻哈地过关啊！你推了一下别人就感到你自己错了，这不是自己打自己的耳光？也说明你太过敏了，这又不是几百年前的封建社会，推了一女的就是错

误了，如果像你说的那样，那只说明了你真有一肚子鬼，才会那么敏感，我也是一个神经过敏的人了。那次我本来是因为你先跑着去上车，我跑不动，我看你跑了，心里"生气"（我也太爱"生气"了），这本来是好玩的事，可你大概要像以前一样来伤我一下，因此你脑子里就转念头了，到底你的目的是什么，只有你知道，你自己那样做了，告诉我说："我搞忘了"，谁知你乱七八糟整的什么，我并没有吭声，只记在心里了，以后才说出来。我并不说你在留念着谁，不知从什么时候开始，你留念谁都可以，我并不生气，我只是希望你不是以伤害我、侮辱我的形式出现，你要留念，或喜欢谁，你可告诉我，我保证给你帮助，只是还要牵着我就行了。

军瑞，说这些真没意思，很低级，我其实是想提醒你，如果我们要解决问题，就要实事求是。不能抱着不严肃不认真的态度，那样不能保证今后不发生问题。

你这次来信有了一点儿基本的是非观点，可是，总之要本着实事求是的态度。你的作风真有问题，并且你没有认识它的严重性。

算了，军瑞，我不再谈这些啰唆事了，耽误我不少时间，我最后一次希望你，实事求是，严肃认真对待和处理问题，不要哄骗我了，已经够了，到现在我已经很难相信我们还能如夫妻一样互相帮助，恩恩爱爱地生活下去，如果还这样下去如何收拾啊！如果你总以无意这样做来原谅自己，那么你说什么事算是有意地，(他也可解释为他做的是无意的，难道不是这样吗？因为他习惯于伤害别人，哪能替别人想想啊！)你总说你是无意，可是你的作风和道德造成了这样的结果，怎么说好哩！难道就说不是有意的吗？我有时伤心到极点，你总说你关心我，在感情上待我好，可是我为什么感觉不到哩？我总好像觉得新婚不到一年发生的这些事又够伤心的了，我也本着实事求是的态度愿意来跟你商谈，咱们都认真严肃点，否则真会闹得一败涂地。

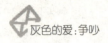

电池早已买好,只得寄去,我怕影响不好,没有寄别的东西,需要什么再来信告之。

我现在学习和工作都有些问题,主要是业务能力不高,很着急,不过在努力,我也很想念孩子。

那件皮衣,这两个月都不行,可能七月份行(一定在七月买好),这月我只给你家寄了10元,我家15元,筱琼未寄,因为还了30元债,你们工会扣你10元,这样一来简直够呛,唉!这些都是小事,慢慢解决吧,你借了部里书,字典是否要还了,你得认真点,等到别人来催就不好了,如还钱的问题,还好像你对其他问题一样,得过且过,现在已经一年了,这样真不好,什么事情还是老老实实的好,拖拖拉拉应付应付怎么行啊?这又扯到另一件事情上,你总跟我说你的那位同学,你说你不会跟她结婚,但也不会提出解除关系,这有什么了不起,有什么好处,如果认为你又对,就决定,这只能说明你的乱七八糟(我只会这样形容)的态度。老实说,如果你只是出于某种"责任"要跟我生活下去,不想提出来,到那种时候,你告诉我,我会首先提出来的。

　　好了,这样的信越写越恼火!以后不一定一天谈清,老老实实一点一点地把问题的实质所在搞清楚,不要啰啰唆唆纠缠,让我们都身心健康地活几年吧!

筱玮

1964年5月12日

匆草

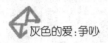

1964年6月10日

军瑞:

今天总算接到了你的来信,就在前天(大概是前天吧,我这几天上夜班,日子都过糊涂了),我没有办法,给你寄去一封挂号信,我想如果你收到了我的信而不给回信的话,那也就算了。我为什么这样急于得到你的消息哩,虽然你的来信比较起结婚以前来,在外给我的信不知稀少了多少,但总不至于一个多月没有信来,因此我想是出了问题。什么问题哩,我想要不你犯什么错误,组织上给处分了吧?或者为了抢救公社财产或人(我们下放同志有不顾寒冷下水救儿童等事迹)死了吗?

另外根据近来情况(也是我想得较多的),可能是你又被你母亲的封建思想所征服了吧?因为在接

120

到那封一连串对我送孩子回家之事的责问的信之后，我心里很气，没有回信，我想可能你妈又要去跟你拼了吧。我本想寄那封信给你，唯一的目的就是想，这封信应该你承受，我真没有习惯这些审判一样的责问。我犯了什么错误和罪哩，如果在送孩子方面要这样有意见的话，那该你去发意见好了，何必一味地都推在我身上。另外我还想与你沟通想法，这事不要让我父母知道，思想问题暂时未解决之前，更不要将地址告诉他们，我真害怕爸爸妈妈知道，那他们会气死，他们凭什么要讨这种罪受哩？"一不是朱家人"，二没有得到一点儿好处，这两个月来，我每月只给他们寄15元，5月份筱琼一分钱没寄，弄得他东扯西拉，急得要命，因为这两个月到处还债，以前你欠工会的钱，现在每月扣10元，一方面你们工会提了出来；另外一年了，再不还也不像话。我回趟家和回来以后用的钱一共是欠40元，上个月（五月）我还了30元，你扣掉10元，寄出去25元（你家只寄了10元，我们家15

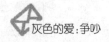

元,实在没办法多寄),这个月没有给你家寄钱,寄了15元给筱琼,因为姐姐休假去了,我想挖她的油也来不及,筱琼很快要实习去了,今年暑假也不会回家,因此寄出共30元,还债20元,现在就只欠下部里15元和给你那位同志买皮衣了。欠债在身,真不是件好事,还得越快越好,下个月我就设法给买皮衣了,借钱也得买给人家,不要老使人对你失去信任,别人总是客气的,但心里不见得很愉快,都半年多了嘛!处理什么问题都是一样,拖拖拉拉其实是不负责任对吗?居于上面的情况,这两个月钱较紧,我的鞋子面和底要分家了,我也不想去买一双,老在斗争。

　　说回来,你想要是我父母得知你母亲的这种态度,他们将怎样感受,不要再将这种纠纷扩展开来,我姐姐从来没有在父母面前,我也没有在他们面前说个半句。如果这种事再牵连到老人的关系上,那将是严重的,我得提早提醒你,你至少得对这个负起责任来,父母、老人得尊敬,可是基本的是非观点应该有啊！不对的应采取积极的说服办法，而不是死板生硬或对之不理。在这里我得说一句，以前你给我来信时说，我说你父母不勤快，我不承认，我得实事求是一点儿，我在接到那封信后是给你回了一封信的，我对你整个信中不实事求是的态度很生气，只是没有将它发给你，可能我要将其一起发给你，我就是觉得你应老老实实说话，不要蒙混了事。好了不扯远了。我想你妈要是知道地址或去接或来信去，我父母弄不清这是怎么回事，会莫名其妙，会很气的。我想你妈既然把信寄给伯母，信退回后又再寄给我，能这样做，那么也不能不估计到她老会对我家写信等。

军瑞，恕我这样说，你妈有很多好的地方（这些我尽管现在心里有说不出的苦楚，但我还是肯定和念念不忘的），但她老也太不知理了，太封建了，使我这样一个在封建家庭里长大的人也实在是不习惯，而且在对子女的特别是对你品德的教育方面我感到又是不够的，因此你在这方面是像了她老的。你粗暴

123

而不讲理,缺乏冷静的头脑(我又在批评了,既然要跟你生活下去,我就不得不谈。请原谅,如果你不同意,可以讲道理,但不可当作耳边风,这是不允许的,我们今后必须老实点,不能轻飘飘的),这两点我认为是适合的,我为讲这些跟你说破了嘴皮,要你跟我好商量讲道理,可是你分不清是非,不会冷静地想想,而要打我,你跟我商谈过多少事情哩,你也没有冷静的头脑,很多事情都表现了这一点,现在的骄傲自满不就充分说明了这一点吗?你再好好学学一分为二吧!你在下放工作中如果说做得比别人强点,可是不是在其他的方面你又差得远哩!不应骄傲,没有什么了不起!我自己是这样的人,越骄傲的人,我越不喜欢,宁愿离他远点,我觉得骄傲吗?就是个没有解决为人民服务的问题,如果解决了,永远也得不到满足的,那就无所谓骄傲了。你有这样的体会没有,自己得到了一些满足时,就了不得,把什么都忘了,得意忘形起来(这就是不冷静),可是一旦吃了苦头,不如意时，唉哟，就糟了！可怜之至。军瑞，你不要瞧不起我，认为我在这些方面不如你，没有什么了不起，就把这些啰啰唆唆的话当耳边风，我说你琢磨琢磨吧！互相帮助嘛。

很遗憾，你25号的信我没有收到，可能是哪个坏家伙拿了，因为我听别人告诉我早上有山西来的信，你以后可将信往家里寄，可能这个月会去小铝厂，具体还未最后决定。像在月子里我请你好好待我一样，我请你注意，不要把事情弄坏，不要像以前一样，弄得不可收拾，这不是小问题啊！要改就得下点小决心。你也不要说气你母亲，你自己没有处理好，还是气你自己吧，我看你倒真像她老人家啊！

把孩子放到你家去，倒不是件坏事，那我妈也巴不得呢，她还正不愿背累哩。我担心的是孩子受不了，我可怜的孩子，你说的比唱的还好听，去接来或要筱琼带来，那么容易，天这么热，闷在车里，筱琼不回家，一老一小吃吃喝喝拉屎拉尿的，受得了吗？我

看你妈真有干劲，另外孩子刚刚熟悉了环境，懂点事了，又把她拉走，好一段时间还要吵的，百万庄不有这样的例子吗？有的孩子送回家再接回来，怎么也不干，要找姥姥或者奶奶，孩子也有感情啊！虽然雷蕾还小，但也够难受的，你妈受得了吗？我真不明白为什么要这样。我送孩子回去是因为我在家待了几天，渐渐地她熟悉了，离开问题不太大，我到达娄底的那晚，住在姑母家，小家伙到了生地方怎么也不睡，哭呀哭到1点多。你妈要把孩子接到仙桃去，我妈也不能去陪一段，那怎么行哩！说来说去实在没有必要。如果早知道你妈这种顽固劲我就送到她那儿去了，我真不愿妈妈受累，当然也不愿你妈受累，可她既然这样愿意，那就好办了。老实说我爸还好，从疼女儿出发，但我看得出我妈实在是不愿带，我也实在是没办法。当从这点出发我就把孩子送到你家去了，另外也得实事求是，婆婆到底是婆婆，稍有不注意就不行，我现在把孩子送回家，有钱就寄，无钱就免了，妈妈

126

将春玲和妹妹的旧衣缝缝补补就给小家伙穿，不用我操心，我们也没有那份条件，爸爸妈妈都好说话。可要你妈带就不是这么回事吧！即算她老不在意，还有哥嫂邻居哩！军瑞同志呀，不像想得那么简单啊！而主要的是接来接去，孩子受罪。我将孩子送走后非常想念，这种心情我可以说你是无法理解的，这超过想念一切人，有时不能入眠我真想一下子跑回去，接了来，如果不是怕影响不好，我是会要这样做的，托别人带来北京，孩子没有母亲照顾是可怜的。姐姐回家过一次，她告诉我雷蕾老看她，看着看着就哭了，姐姐说她认生，而我想她可能是想我了。如果我去南京，我明年就要接来的，如果不去（这可能是不成立的）那我要接得更早，或天凉了托别人带来，根据这些情况你考虑说服你的家庭吧！

写了这么多了，晚上要上班，我要睡觉了，我近来很好，只是为这些事，给了我不少苦恼，你又不来信，不知是怎么回事，不知怎样处理。我想出了问题，

或解决或离婚都得有个手续呀！老不写信拖着真难受。上封信我说要你接后一刻也不停地给我回信，你为什么不这样做，害得我写挂号信，并且我写信给家里，要他们找出你给他们的要求带孩子的信给我，我想你说不来信，你家还这样，我就将你的信寄去，让他们跟你去商谈好了。你不要有什么不高兴，这本来就不是我一个人的事情，对不对？我问你，我花这么多时间给你写信，你倒也记住一点儿没有，怎么我说我的，你还是你，像以前一样吗？

现在形势很好，送走孩子后，学习、工作的条件也好了，因此在学习和工作方面我抓紧多了，要是没有这些非烦恼不可的苦恼，我简直快活极了，星期天我一般不出去，院里组织春游我只去了八达岭，那是鼓了干劲去的，还照了3张相，八达岭很雄伟，很不错，其他没有什么了，下次再谈。依我的脾气，永远也不想给你写信了，这次啰唆得太多，不把那封信寄来算了，以后再说，寄是要寄的，因为我必须把问题说清楚，要你不要骗人，对我讲话老实点，对你这点我一直表示应该是不是没有根据的，那封信中就写了，你检查检查吧！

筱玮

1964年6月10日

我真气死了，跟你啰啰唆唆说不清，我上次接到你5月初的信就是生气，写了那么长，都是些乱七八糟的瞎扯，使我又不得不反过来跟你啰唆，你怎么说话不实事求是，说了不算数哩，我真气愤！内心我不跟你离婚也得气死！

1964年6月23日

最亲爱的筱玮:

　　昨天晚上给你写了几页,现在再给你添几笔吧!

　　这几天由于劳动太累,脊髓骨都累肿了,胸口痛等毛病犯了,所以今天上午我没下地劳动,去公社医院看看病,医生说是"热中带寒"给了几颗地霉素,我不喜欢中医这一套。我担心肺有毛病,只要肺没毛病我啥也不怕,请放心!

　　来信中说你想孩子,这是必然的,我也是一样,我想得更厉害,除想孩子外,还挂念你,这更加了一层(因为你是不想念我的,把我当成包袱,负担)。但是不能为此太分心,要想开一些,父母亲带孩子不会比我们带的差,有什么不放心的呢?过去信中说过,革命前抛下妻儿投身革命的人多着呢,这并非他们无情无义，而是为了事业的需要，忘小我顾大我，所以绝不能为此太分心，影响业务提高和政治进步，这对我也是一样，绝不能影响当前的工作。筱瑞呵，在政治和业务上一定要好好抓紧时间呵！要下番苦功夫才行呵！

来信中你谈到工作中的情况，如今工呀，思想工作呀，这些我想你是一定能端正态度的。在工作上一定要好好服从分配，不论事情大小，轻重细微，一定要有啥干啥，干啥爱啥（我这两年来在工作上这方面是有教训了的），长期能如此，就反映人的事业心，少奇同志在《论共产党员的修养》中说过：党的工作（所有工作）都是具体的、烦琐的事务工作构成的……（大意如此）在思想工作上，有问题，也要从两方面来看：一是自己的带头作用，即先端正自己的态度，起到模范作用，再通过适当的途径向党组织提和我自己较接近的党员同志提，提意见后要虚心，绝不能由于没被采纳就有意见甚至情绪（这你是不会有的，我了解），

组织上会有打算、安排和他的全面看法的。

亲爱的筱玮，我说这些绝不是瞧不起你，切望你不要误会，你知道我下乡以来，是第一次这么深刻地接触社会阶级斗争和生产斗争的实践，感想很多，感想自己工作三年来，没有开好头，以后回去一定要从头来，我有很大的决心和信心要把政治思想、工作等都搞好……我知道你也是有同样决心的。

对你的不好的地方，我今后一定改邪归正，一定真心真意，诚心诚意待你，我可下一千万个保证！！

来这里这么久了，还不到四个月，时间真长呀，真想念你呵！

亲你

祝你工作上取得成绩

你的军瑞

此6月23日

1964年6月28日

军瑞：

　　来信都收到了。上次接你的信说要把"化痔丸"和被单搭你们那位回京的同志给你，在星期四，我已将十瓶菜搭唐海送到部里去了，但这又说不回去了，可能菜在陈贤南那儿，我去拿了再寄给你。

　　我近来比较忙，又累，因为每天都跑到铝厂去上班做扩大试验。你知道我是不习惯坐车的，每天往返这么跑把我苦死了。回得家来，什么也不想干，只想睡觉，真烦死人了。下星期二(即后天)就要开炉了。我和林宗琦(还有两人)倒夜班，就可能要住到那里去了。开始做大型试验，这对我们来说是个学习和锻炼的机会，就是太远，讨厌。晚上回家来，又累，又冷清，一个人也没有，只有睡觉了，想看点书，脑子昏昏

的，把我气死了。

筱玮

1964年6月28日

1964年6月29、30日

军瑞：

以上是我星期天（28号）写的几句。因为星期天我洗了很多衣服，加上我天天去小铝厂，回得晚，走得早。林莹莹上夜班，炉子也灭了，星期天又生大炉子——由于林莹莹上夜班，星期六一晚未睡，加上她是"享福"的人，所以我自告奋勇地生炉子和包下了厨房和厕所的家务，我们相处得不错。星期天就忙了一天，想给你写信，又搁下了。你星期二的来信我是星期六晚上回到家里见到的。今天（星期一）又收到你的来信，你的来信只要赶上邮递，只要一天就可到北京。星期二的信，是星期四从山西发出，星期五晚到京的……

得知你生病，使我很担心，分别了四个月，你身体不太好我是知道的，现在也不知道变成了什么样子

了，加上孩子放在家我也想念，倒不是不放心，你知道，我们家前面不有个砂厂吗？成天笮呀，满屋子灰，现在又热，又脏，我回家时向他们提过意见，现在还未解决，我很生气。家边环境卫生太差，我有点担心……也不知为什么我感到我现在的脾气也越来越古怪……所有这些自己给自己造成了不少烦恼，虽然现在我只一个人，吃得也不坏，但还是胖不起来，精神还是不佳，身体的好坏关键不在于吃喝啊！正好像生活本身一样……

　　你生病多久了？山西热吗？住在医院里受得了吗？能回来休息一段时期就好了。我又不可能去看你，你需要什么哩，可以寄钱和寄点什么菜去不？来信告诉我吧！希望你自己注意好好休息，保重身体。如果得了胸膜炎就不好办了，要休息半年才行，筱琼就得过这种病的，记得吗？身体是最最重要的，我至今才有深刻的体会。除非想毁了自己，否则要想更好地工作和生活的话，没有好的身体的确是很痛苦的。不过也不要紧，是可以锻炼好的。我们很多同志身体都不见得好，就是1962年、1963年左右出生的年轻人是这样，但有的同志能正确对待，并不是大吃大喝，睡大觉来解决，而是采取了锻炼的办法。这是我们在学习"毛选"体会座谈会上听到的别人的学习和成效，对我很有启发。送完孩子回家后，我尽量使自己睡得够，适合找口味的吃得舒服些，可是不行，听到别人介绍经验时我才发觉。他是针对这一问题学习"矛盾论"。吃好点吗？没有那么富裕，也不合乎节约的原则；多睡觉吗？目前要抓紧业务学习，也不行……还是得锻炼身体，采取了这一办法，经过二三个月，有了成效。我很有感触。我自己呢？采取懒汉的态度，结果越来越懒。当然在你生病的情况下还是不一样的，一定要听医生的话，好好休息。想吃什么，需要什么的话，给我来信。我搭的那是十瓶菜现在也不知在谁那儿，我明天打电话问问陈贤南。我抽空就将菜和被单给你寄去。

前几天接到家里的信，说小雷很好，家里给我的

137

来信也很简单，就说很好，吃稀饭和奶糕。我将这几个月的粮买了没怎么吃，以后搭别人带去。还是在回家时给了他们一点儿粮票的，一走到现在还未寄粮票去。上星期换了点全国粮票，还要到百万庄邮局才能寄，我真懒，没跑，主要是没时间。等我下班回来又关门了，一直拖到现在。

我们已开始在铝厂做试验了，以后铝厂要改为我院的试验工厂。我们院小，没有别的前途，大一点儿的试验以后看来都要去铝厂做了。明天起开始倒班，我上夜班（晚12点～早8点）。明天白天在家休息了，我可以去发信和给孩子寄粮去了。

以后看情况，我可能只在很忙的时候就住到那儿去，一般还是回来，家里自在点。另外家里老没人，也不放心。我们买月票①可以报销。我有空就给你去信，现将八达岭的照片寄去，和寄去一本书，休息时

----

① 月票*：公用交通设施上用的一种付费方式，一次性交一笔钱，然后可以有限次或无限次（各地不同）地乘坐指定的公交车。

可以看看。收到后来信，下次谈。

筱玮1964年6月29日晚

匆草

昨天晚上梦到你回来，好像又黑又瘦，又没理发，模模糊糊的。哈哈。跟我在一起工作，还是合不来哩！现在身体情况怎样？快来信！躺在医院里没事就多写几封信。

30号早

*公交车月票

1964年7月4日

军瑞:

　　你好!

　　身体怎样?我星期二给你寄出的信和书(《南方来信》①)收到了没有?在你生病之际,我只想尽力能够给你带去一丝安慰。我真想能够每天给你写写信,使你在外养病也能感到快慰,可是同志,请你原谅,如今我不论怎样也做不到这一点了。忙当然忙,不过这只不过是借口而已,如果存在着爱情,一切客观原因都不能存在。我想你是深有体会的,每当我思想转

————————

　　①　《南方来信》*讲述越南南方人民面对敌人的刺刀没有唉声叹气,而是挺起胸膛,为祖国的统一、荣誉采取了各种形式展开了不屈不挠的斗争。10多年来,越南南方人民越战越强,赢得了一个又一个胜利,现在已建立起强大的解放军,并解放了越南南方四分之三的土地和二分之一以上的人口。而帝国主义及其走狗,却遭到一次又一次的失败,深深陷入无底洞,无法挽救他们最后失败的命运。

移到你身上去的时候，我多么希望能怀念一下"亲人"啊！就拿今天来说吧！可是我想到的不知为什么完全是另一回事。去年的现在，唉！我一想到那些场面就心寒泪下，脑袋昏昏沉沉的了，痛苦到了绝望的程度，为这些回忆，我思想矛盾、斗争、痛苦、忧伤那是世界上没有人能够理解的。今天晚上我一个人又痛哭了一场，我该怎么办啊?!

军瑞，我真不能理解你，你既然能在我生孩子后对我变得那么坏，（当然这不是人希望的）能在我刚满月，为了没有听从你的命令去请你的老母亲吃饭，给我一个耳光(这是我一辈子所受的最大和最不能忘记的侮辱)，那是去年的7月4日，你现在说你在这之前没有想打我，过后就后悔了，是这样吗? 你站在那里考虑了老半天啊！然后使劲地把我往床上推，我简直不知道要怎么办了！怎么会发生这种事情啊！你认识到你的不对那是不得已，因为我叫来了别人。第二天晚上你撕破了我的花衣服，还说：朱筱玮，你放心，

你不愿改正你的错误我是不会跟你生活下去的。同志，你要真这样做，我倒感到痛快。

现在为什么你要这样哩，跟我生活下去有什么好处，有何幸福可言哩！你是怎么考虑的，爱情要以政治思想为基础，但政治不能代替爱情和党团员的责任！如果你真的懂得这个责任，就不至于像今天这种结局。

只要你是对的，军瑞，就算你跟我离了婚，你是可以再找到一个好爱人的。就算是你没有称心的爱人，那也比现在受折磨好啊！你是怎样想的哩，我既没有给予你幸福，也没有享受，每当你想到这些你也不甘心，你就牺牲一点儿吧！凭着你的本领去创造吧！去获得幸福和享受，你是会达到目的的。像我这样的人，看来，你真很难从我身上得到这些了。你想想，我看到你，啊！记得他打我、骂我，在我生孩子后欺负我，是呀！除了你，谁曾对我这样欺负和侮辱过哩？没有！难道我会带着这种心情深深地爱着你吗？

142

我也给过你很多刺激，同样在你心里也有同样的感觉。有时我并不认为这是不对的，只是我不得已要点破你的思想深处。你说我不应该把你的错误联系起来看，如果我不联系起来，我更难以分析你为什么会给我一个耳光。这一欺负和侮辱人的最高手段，不是偶然的。你难道否认这一点吗？你说不谈过去，我想还是要谈，不谈清问题是不行的，你从来也没有向我谈过你的心里话，只偶尔地带着微笑，向我解释你的幸福和享受，回忆着你那美好的过去。在我生孩子后，你母亲来后，你到底想些什么，为什么要对我那样：回来后从来没有陪伴过我，和我谈谈家常、商量问题从没达五分钟之久。而你和你母亲在星期六的晚上在外谈到深夜，过后只说是谈问题，好像是打通思想。我真难以理解，为什么我每天哭哭啼啼请求你对我好点，你无动于衷，为什么你要打我？你说我对老人不好，举出具体的例子和说出你的道理。上次我问你这个问题，你说是你打后知错了，是这样吗？为

143

什么第二天你撕掉我的衣服并要跟我离婚,为什么在你和你母亲争吵时我不能劝你一句,我把灯关了你还要打我手一下,为什么你骂我猪一样的家伙不堪教育,生活给我的教训太少,我问你生活给了你什么教训哩!生活教训你要打我吗?这是为什么,我需要知道,你说你以前在别人面前只说我好,现在我在你父母面前伤了你的面子,所以你要打我,这真是鬼话……不,这些过去的事要谈,我要问个明白,要问到你把心里真实想法谈出来为止。追述过去,联系现在对你我是怀疑的,人生处理个人问题的真实所在不是政治……

如果你不愿谈我对你提的问题,那么我是不甘心的。我现在的思想水平的确不高,我不能原谅别人对我的这种侮辱,而我还要跟这样一个人生活在一起。打吧,骂吧!你过去怎么想,现在又怎么想哩?我希望你能理解我的心情,向我作点解答,如果你不愿意,你恼火你讨厌我的话,那我也不妥协,我愿意向你严肃地提出来离婚，希望得到你的回答。

打我一周年纪念日

1964年7月4日

*《南方来信》封面

1964年7月14日

最亲爱的瑞:

你好!

你九号的来信,我昨天就收到了,此刻我在召开归女会,趁会前的时间给你写几句吧!

这地方的归女会最难开,你讲半天她们听不懂几句,所以我现在找了"翻译"同我一起搞。"四清"运动越深入,工作越难搞,群众发动要求越高,实在感到办法少,方法不多,深深觉得自己水平不高。

身体病还未全好,不能参加劳动,其他同志都参加半天劳动,由于我不能参加劳动,接触群众也少多了,直接影响了工作的效果,为此自己很是着急。

买皮衣的事,你尽量想办法好了,尽力而为,能快一点儿最好,万一不能就只能推到下个月了,有什

146

么办法呢！这又是我犯下的一大罪。

对于家庭的矛盾，我还能说什么呢，我自始至终从来有过坏的出发点。我以一个共产党员来要求自己，检讨了自己的错误，也表白自己的行为。看来我这一辈子是没有办法的了，一辈子无法得到你的宽恕了呵！

过去的公安部长在反右时作过一个报告，题目是"对敌要恨，对内要和"。难道我们之间不可以采取"和"的态度来解决问题吗？我决心痛改前非，今后一辈子再不做对不起你的事情，永远好好地待你，我恳求你的宽恕，过去的事情不追究了吧！一年来我无时无刻不是在为家庭而沉痛，经常为此暗暗泪下呵！我深深感到也认识到我有严重的错误，但也深深地受了冤屈呵！一年来我生活中的痛苦，我认为是世界上任何人也无可比拟的，我用可怜而又顽强的意志在坚持尽量把工作搞好，我不能辜负党和新社会给我的一切。

上次的信和书都收到了,我在10号给你回信了,有时推迟接到我的信,请别见怪,因为这里是滩地,一下雨,泥泞难行,邮递员无法下乡,所以就搁下了来信,以后我每星期三给你一信,可在礼拜六接到。

开会了,就写到这里。

祝你

健康

自己保重身体,亲你

想念你的可怜的军瑞章

1964年7月14日

我没有什么瞧不起你的地方,根本没有,这个问题下次再谈吧!

1964年7月22日

最亲爱的玮：

　　你好！

　　你给寄来的包裹和信都收到了，谢谢你。上星期五收到你的包裹领单，星期天我便去领了回来，星期日我就把被子洗了，四个多月来，没有洗被子，实在太脏了，这次洗了，对生活条件实在是个大改善，睡都好像睡得舒服些了。

　　亲爱的玮，我俩别离四个多月来，我更加深刻地、超出过去任何时候地觉得，我心中的苦乐、悲哀是那样不可动摇地被你宰制着，你信中的每一句责难，会引起我刻心似的痛苦和日夜不宁，而只要你信中稍微有半句一句安慰、体贴和鼓励的话语，我又会欢喜得像天真的小孩……我心中无数次地经常这样想：

149

筱玮呵！我对不起你，我给你心灵留下了很深的创伤，我今后一定好好待你，请你宽恕和原谅我吧！有时我还想：筱玮呵，我相信你品质和灵魂的纯洁，你会宽恕和原谅我的，我也不是坏东西呀！你不会狠心抛弃我的。每想到这里，我无数次地暗暗泪下……有许多次我也想给你写一个保证书，让在姐给我作保人，以求你的原谅……有时又想这可能是太幼稚了吧！筱玮呵！我苦恼于对生活的出路我实在无法主宰呀！亲爱的玮，宽恕我吧！我保证今后一辈子不伤害你，好好诚心诚意待你，在一切方面永不强求你，请相信我吧！最后一次相信我！

另外，我还想同你谈一件事，你常说我瞧不起你，是果真如此吗？不，不是，平常我们之间的争论，往往是生活方面的，和生活态度方面的东西，对自己的丈夫你常是采取紧追紧逼，毫不妥协的态度，对有些问题，你常扩大、联想加罪于人，而有不少问题你自己有不少虚无的态度。因此，在生活方面和生活态度方面有些问题的争论,谈不上、得不出我瞧不起你的结论。所以这封信中我想谈谈对你的要求和看法,给你提点意见。你无数次这样问我:"你为什么爱我?"我很少直接回答你,有时心平气和的时候我说过:"我看上你漂亮,否则是不爱你的。"这是夫妻间的感情话,如果只追求外表的美,不追求心灵的美,这是错误的,我从来有过这种片面的观点……本来在七一前的一封信中就想对你提些意见和要求,但由于卧病在床,就延误了。现在就谈谈吧!

(1)政治思想方面:从大学的后两年,到工作岗位的近三年来,政治思想上转变较大,立场、观点上从反右以后是明确多了,担任团的工作中,依靠组织,工作主动,关心同志。我侧面征求过陈永卷的看法,他说:"在政治思想和工作方面,在同志们和领导的印象上都挺好。"各方面都干得不错,从这一反映和我自己的观察,我是放心和满意的,但是我认为严格要求,尚存在不足:①你是超龄团员了,怎么办呢?

以革命者的态度来要求，应当积极要求入党。难道你在政治上的最后归宿就是入团—起哄—退团吗？严格说起来，这是政治生命的死去（对革命者来说），没有理由不积极争取入党，当然入党不是人人都能的，如果人人可入党，那党也无意义了。而对你我认为必须是严格要求。②你的父亲是过去做买卖①的，现在还拿"定息"②的人，思想上必须正确认识，应当感情是感情，立场是立场，应有界线（我过去对待你没多谈这件事，我担心你会误会我）。③你在政治思想认识上、觉悟上应经常注意提高，人一定要有政治远见性，我想我们要建成社会主义达到共产主义，这个时期中的阶级斗争等，扶植新生的社会主义的东西（思想意识），改造旧的东西，革旧东西的命，现在将来都将反映在自己的家庭、亲人、亲戚、朋友……之间，这些东西有的人会不注意，嗅觉不灵敏，察觉不到，有

---

① 经商、做生意。

② 中国私营工商业实行全行业公私合营后，国家在一定时期内按固定利率付给资本家的利息。

的人是可以自觉革命的。在政治上我认为你还不是积极热情的，政治远见性不够。

(2)工作、学习方面：过去你在学校的业务上比我学得踏实，两三年后的工作上你的进步也比我大，工作态度上，任劳任怨、不捡不挑，碎矿石、搞设备，不嫌繁杂，说真心话，相比我自己两年来的情况，我应该向你学习。但是从另一方面看，我们在学习上还欠踏实，学习方法还需改进，还不善于积累知识，学习上就要有勤、苦、钻的精神；另一方面也要有方法，另外还要牢固地掌握基本功。

所以我想还是把孩子送仙桃两年，我俩抽出精力和时间来钻研两年，这是长远之计呀！

(3)生活和其他：这方面，我俩都俭朴，不讲穿戴时觉，两年多来结婚、生孩子、父母来、出差，花的钱不少，我们赚得不多，首要的还是你持家有方（这是真心实意话）。生活方面你待人热情、谦虚、脾气好（待别人是这样，待我你是一棍子要打死人的），这些我两年

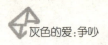

犯了不少错，应向你学习。

　　但是我想说，两年来你在生活上、感情上待我也刻薄不饶人，不把我当亲人看待，你是对别人外人"和"，对自己人"狠"呀！我有大错误，也有大委屈，有些是会使我死不瞑目的。只要你不澄清对我的那些委屈，就会这样的，抱屈一辈子了。

就写到这里，祝

你好

亲你

你的想念日殷不眠的军瑞

草1964年7月22日

1964年7月24日

军瑞:

你好！近来身体如何？

你对我的看法的来信收到了，其实我对自己的了解是很清楚的。事实胜于一切嘛！我说过，我看透了我自己，我回想过我从初中到如今的生活，特别是近几年来，学习、工作、生活、同志之间的关系等等，对于我来说事实都摆在我面前，很清楚。大学期间我有些思想问题，虽然能应付考试，可是我没有学到多少"活的""牢固"的知识，以致到如今，给我的工作带来很多的困难。我动荡不安的，抱着怀疑的态度过早(对于工作的资历来说)地结了婚，(以后的事实证明了我开始的怀疑和犹豫是有道理的)生了孩子，这你是知道的。并且我一生中受到了最大的侮辱和对待，使我

155

对生活的某些方面非常失望和厌恶，悲观失望，因此又给工作等方面带来了思想上的阻力。我的思想进步慢，工作并不出色，我自己知道，这将在领导和同志们心中留下什么样的印象？我非常苦恼的只是我无法挣脱这种处境。我承认，我自己是非常不坚强的，我只是苦恼呀！苦恼，苦恼了几年，一直苦恼到了顶点，没有任何新的办法来寻求点解决的办法。我承认，我也是很难挣脱这种牵连，我想事到如今，可能闹得满城风雨也不可解决吧！我甚至想如果我有那么一种"自由"，我想到哪儿就到哪儿的话，我就回家算了，在家里搞点工作……可是这一切都是不现实的，我只好这样混日子，我想我将来总会习惯于这种痛苦，等到以后，这一切都淡漠了，对生活中的"家庭"幸福从我脑中去掉，我就一心一意干几年工作就算了。我生活中受到的侮辱是我死也不能闭目的。我是不甘心的，我真实的心理就是这样……我从来也不保留不隐瞒，也不善于保留和隐瞒。

政治上我知道，像我这种状态，入党那是遥远的事情。也许这一辈子我也入不了党，你为什么要跟我结婚哩！你瞧得起我，我真要谢谢你，要是你承认你瞧不起我，那我在你面前受的奚落和侮辱就更多了。你有什么好委屈的哩？难道你以前从来不把我放在眼里，车上侮辱人，公园里侮辱人，五一节侮辱人，看了别人骑自行车你也埋怨地对我说过啊："你看别人！"我哪是你所想象的那种好人！我生了孩子，你对我有什么体贴关心？你给我说说，就连关窗户都要申明并不是因为怕我们母子着凉，是什么鬼迷住了你的心坎？我成天哭泣也不曾动你半分心，可能是你说的你不能主宰你自己生活的出路吧！如果这样，将来你还要受其他因素所主宰的。我并不需要你对我保证，难道过去的一切还不够吗？就在今年春节还把我骂得狗血喷头，甚至把孩子关在屋里，钥匙也丢了，门开不了，我多么不敢相信，打我骂我那么下流的话是出自你的手和口，可是这毕竟是事实。事实啊！你

能否认吗？写保证都也没有必要，更不要让别人做保人，那只能引起别人笑话……保证？我也领教过不少了吧？我对谁都不"狠"，我为什么要对你"狠"呢？要"一棍子打死人"哩！我对你，以前对我的侮辱我都是原谅过去了的，如果不是你自己在我生孩子后作了这次总结的话。难道我打过你吗？像你对我这样地侮辱过你吗？……"亲人"？谁是我的亲人？你就稍微回忆一下吧！在去年的六七月里，我是处在什么样的地位，生完孩子我没有得到半点一个人应该得到的关怀，我恨透了……如果能这样的话，我就要回去。

另外，对于孩子的处理，我考虑过，为了工作和学习，最好等她3岁再接到身边来，但是我不同意送往仙桃，如果你实在要这样做，对于一切我不负任何责任。

我希望你好好工作和保重身体，我最害怕你在这方面有什么困难而加罪于我的影响，而我给我自己造成的一切，我只埋怨自己。

在这以前你也做过保证啊！一个人要取得别人的信任，就得老老实实。说话也是一样，如果像放屁，那么不加考虑，不算数，那算人吗？能使别人信任吗？

现在我倒希望你回答我另外一个问题。我请问你，你为什么要打我？不要哄骗我，谈出你的心里话吧！生活到底又给了你什么教训哩，你说生活给我的教训不够，我请你解释，你最好再多吸取点教训！我等待着你的答复。

化痔丸你还要不，我买了十包，本来上次要搭去，因没人去，又退了回来，如果要就寄去，反正留着也吃不得。

这几天开炉，忙，累，下次谈。

筱玮1964年7月24日晚

匆草

1964年10月18日

最亲爱的筱玮:

你好!

今天是18号了,不知道你啥时回北京,收到此信后,请给我来信。在姐告诉我,你现在身体不怎么好!我真时刻挂心呵!我知道,自我离家后,你送孩子回娄底,又天天跑铝厂搞试验,这次又跑南京、上海,还要出差到西北去,这些都够劳累的了。另外,我的许多错误行为都使你伤心,折磨了你的精神和情绪,我从心底感到不安和内疚。对此,我只能说,我是有罪的人,我不能,也无权向你提出什么要求,我只能诚心诚意地检讨自己的错误,求你给我一段考察、观察我的时间,在一起的半年一年都可以,这是我唯一的、最后的一次求你。因为我近一年来认识到,不说

160

其他任何东西，仅说我那粗野罪恶的一记耳光，已经是万不可宽恕的了，你有一切权利来决定你该怎么生活！此刻我只能以悔悟不安的心情、赎罪的决心来向你求得最后一次的饶恕！

欠了债是得偿还的，从9日接到你的上次来信后我就开始准备写一封长信了，现在还未写完，我是本着老老实实的态度准备写，我过去的一些言行的思想和动机是什么？我的主要错误是什么？我自己的态度和决心等几个方面，等到石嘴山后我再寄给你。

近一段时间来，我们非常忙，学习非常紧张，连星期天也没有，我们要到十一月中旬才能回到村里去。下面简单地给你谈一下几个问题：

(1)石嘴山是大西北了，据到过那里的同志说，挺冷风特大。据说，春天种庄稼时，点一颗种要拿一块石头压上，等出苗后再拿掉石头，否则要被风刮走。所以我想你最好能做件好棉猴。除此外，总之在其他衣物方面一定准备充分一点儿。

（2）至于搬家问题，我没有给部里写信，因为我知道情况，换房的问题要自己找，两厢情愿才给你办手续，更何况现在部里的房子属房管局管了，不属部呢。

另外住楼下并不一定不安全，过去听说被偷的都是三楼。为保险起见，建议把一些主要的东西，装好寄放在别人家去好了。寄放后，写信告诉我。

还有家里如果有快过期的证券（如书票等）也要注意处理好。如书票有多的话，可以买白布，以后可凑起来做床被子。

（3）我现在内衣内裤都只一件了，无法换洗，能否设法寄来内裤（外裤也行，可把原来回的当内裤穿）加上那件大领的白衬衣，设法寄来。

（4）你去石嘴山的时候，是否能走北路呢？可能的话，我望你能来这里待一两天，再转车去石嘴山。这样一方面可以把东西捎来，也可以帮你们院的同志捎点东西来，你们院的同志现在都集中到这里来

162

了，都在这里搞"四清"了。现在我们不叫下放锻炼队了，都叫中央干部参加"四清"队了。

我很想你能来两天，就是路过这里时在火车站停车(慢车)的两分钟的时间里看你一眼也好呵！真想念你呵！(我流泪了，真该死！)当然，这你要征得领导的同意，在不影响工作的情况下才行。盼你酌情考虑。

(5)我们现在的任务是搞完这批"四清"后再回北京，时间可能是明年四月底。根据国务院规定，我们在元月底(春节时2月2号)回北京一趟，但现在领导没有正式规定就行，以后再告诉你吧！

我们以后的工资，是叫部里、院里存起来呢？还是你统一安排好，你走前可以安排好！

支部的同志给我来信说，他(她)们有不少次到家里看你，但都不见你在家，说你在别的地方看书去了！如见到他们说一说谢谢的话就行了！

我要的衣裳若来不及办时，就算了，以后我自己再来想办法。

我现在各方面都还好,虽然一直是严重失眠,但集训时间由于生活挺好,吃得不错,还是比在村里时胖一些了!可勿念。

孩子我很想念,但也放心!

热烈地亲你

有罪的

军瑞

草 18日夜9时

1964年10月18日

1964年10月23日

最亲爱的筱玮：

　　你好！

　　18号我已给你写了一封信，是寄给你们院里的！不知你啥时候回京。一个人出差，又是第一次去南京、上海，旅途的困难、工作的麻烦，可能都是有的。我想不论是这次出差也好，以后出差也好，尤其是一个人负担任务的时候，最重要的是既要大胆，又要细心，根据领导布置的任务尽心尽责地完成工作。经过一段时期的实际锻炼，工作能力就可轻快地提高的。两三年来，我从工作上体会到，学校里的书本知识虽不可缺少，但最重要的还是实际锻炼。现在我真想能在工厂、农村的实际中去多锻炼一些才好！这次我向领导提出多留农村一段时期，也是处于这样的思想动机。

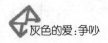

18号的信,我真担心你收不到,所以又给你写一封,还想说几件事:

(1)关于住房问题。你若能想法调换的话,任你调换到哪儿都行。调房要自己找对象,双方同意找房管局办手续。现在部里不管房子了,找部里也不济事,所以我没有给部里写信。我的意思,现在暂住不调换也行。第一,现在没有愿调换的人;第二,你一个人搬家是个大麻烦;第三,一楼也不一定不安全,过去被偷的都是三楼。另外,等我回京后,再换房搬家好了,最好能搬到白堆子或真武庙去,我是这样想的,看你的意见如何。

(2)石嘴山挺冷,你去之前最好能做件棉猴。要做好一些的,否则穿一两年就不顶事了!

另外,若来得及的话,我现在需一条外裤一条内裤(另外,把家里那件大领的白绸衬衣),在经济上支配得过来的话,给我买或做了寄来。

(3)我希望你到石嘴山去的时候,能路过这里停

166

一两天，一方面我真是想见见你。亲爱的玮，这是我们婚后离别时间最长的一次呵！真想念你呵！（我流泪了！……）另一方面也可以给我把东西捎来，也可给你们院的同志捎点东西来，现在他们都来怀了！

（4）你离家的时候，希你把家里快过期的证券处理好（如市票等），把有关重要的箱子等东西，寄放到别人家去，这样安全些，以防万一。

（5）听说小雷现在肚子有毛病，因此在走之前后要多寄几个钱回去。今后寄钱的事，也要安排好！

我另外还给你写的信，没写完，写完后寄给你。

我们学习完以后，到底去哪个村搞"四清"还不知道，可能去原来的村，也可能去新的地方，还不知道。

急盼你的来信 热烈地亲你

有罪的

军瑞

草 23/10 深夜

你若不能在这儿下车，而能路过这里的话，请你

167

告诉我,我可以到车站看看你,车在这儿停两分钟。

我现在各方面都还好！只是失眠和不想多吃饭(但肚子总不饿),但开会伙食好,比起在乡下还是胖一些了。

筱瑞呵！我求你常给我来信,求你最后宽恕我一次吧！我以后一定做个"浪子回头金不换"。

求你常来信,否则我可能会精神失常或偶发急症死去的呵！

现在这个大食堂里最后一个人也走了,只剩我一个人,我心里隐隐作痛,眼泪也倾盆而下了！如果不是离宿舍挺近的话,我可真想放肆地哭一场,真是苦闷得憋死人了！

亲你

你的有罪的

军瑞

约1点

1964年10月23日

1964年10月24日

军瑞：

　　星期五到达了石嘴山，离别这儿不久再来到这里还是感到比较亲切，但心里也有说不出的惆怅，不知为什么我的心情就是这样，当我们都提起笔来写到岸信时，我也不知要怎么写，因为我总是这样，远离开你时，我就会对你产生一种说不出来的情绪，我多么羡慕别人，她们是幸福的，可是我呢？遭到过你很多侮辱，有着不幸的生活和爱情，感情无以寄托，过去的一切我忘不了，我也没有对未来寄予任何希望，只是在混日子……这就是我的心情。

　　这次出差任务还是比较重的，加上我知识太少，还好，这次来的人不少，有主任、组长，我是被领导着，要实际下到矿山去，这次是个很好的学习机会，

明天我们就打算去小铁山了，在那里找招待所住下来，也可能找不到，那么还得返回白银住招待所。每天跑，够呛，也的确是个锻炼的机会。星期六，我们参观了选矿厂、冶炼厂，很有收获，这是我上次来没有能去看的。

这里不太冷，只是早晚冷一点儿，依我看比北京还暖和些，水果也不少，梨很大一个！叫冬果梨一角五一斤，比较好吃，有点像北京的鸭梨，只是还要大，伙食也还可以，就是没有米饭吃。听说黄河边的水果还要便宜，下星期天我们可能去玩，因为西北分院筹建处在那儿，我们自己有点事。说到分院，我们分院盖到第二层了，家居宿舍也在盖，明年就得搬一部分来，这个地方不错，很好。西北分院的地方很宽，要建起来比北京院还高级，如果我有自己的幸福生活，在这里安家我是非常高兴的，可是在我这种情况下，我只是感到非常难受，任何好的地方，离娄底越远我就会感到越无依靠，我真有说不出的苦衷，恨透了自

170

己,人为什么会有高尚和渺小呢?我本来想你大概会变好吧,你自己也保证呀……而我呢,过去的经验告诉我,本性难移。我痛苦地感到我这种观点是对的,我感到你对待生活不严肃(对待工作和学习也是一样),你平常的表现,我很生气,说得更确切些是厌恶,感到是对自己的侮辱,为什么在某些公共场合你会对某些人那么在意……你的思想感情是些什么玩意儿,这次事情发生到我们那里,从你的态度来看,我是非常讨厌的,我看透了你,也扑灭了希望,何况希望本来就存在,对于你们这一类人物,我真难以理解。是呀!生活对我的折磨看来是无止境的,使我的思想变得复杂起来。

算了,不说这些了,实在是没有办法,提起笔来,就回忆过去,你过去的思想活动,你的为人,你当着你的父母的面打我(难以想象,婚后不到一年你竟做得出来),这一切对于我永远是个谜……我恨……北京冷的话,你就去买棉衣吧,希望你去问一问,小孩

织一套毛衣、大人织一条裤子要多少钱，然后告之。

小孩的东西等我回北京再说

祝

好

筱玮

10月24日

来信的话还是寄往二招待所。矿山里冷多了，我现在住在小铁山，是在山沟里，忘了发信了。这里也算不错，昨天下了一次坑道(矿井)，也有意思。我们大概要十一月中旬或以后才能回京，银川有15元一米的纯毛呢卖，你在北京看看，合不合算。就是因为你，我后悔没有把九十几元的大衣买下来，怎么也是合算的，不关心别人你也少干涉点。

1964年10月28日晚

1964年11月2日

最亲爱的筱玮：

你好！

我30号正好要离开招待所出去外调时，就接到了你的来信，我真高兴，你知道我从20号以后就盼着你的来信呀！

今天是11月2号，我到这里已是第四天了，由于现在全县集中了七千多"四清"工作队员，在进行集训。目前还在搞整顿司令部。我同另外两个同志来这里是调查过去所谓县委领导干部在这里的"四不清"问题，大约明后天我们就可以回县了。（这些事别对外说）

在这里我们能发多少布票尚不肯定，因为布票还没到手，对此我想说几件事：

（1）除发布票外，我们还可能发棉大衣，或自己

173

做大衣,买皮靴,所以不少人都要家里寄钱来,我这个月包括生活费,一共要部里寄来40元。

这样留在家里的有70元了,因此一方面我做内衣裤的事情不要做了。只请你把我那件大领的白衬衣寄给我算了!切记!另方面,这个月的经济开支要重新安排。

(2)你说,买被面北京有宽面布,那么你有多少布票呢?我也不知道有多少布票。因此关于买被面的事,等下次再商量着办好了!

另外,我们明年四月底即可回京(不要外说),春节也可能回家,有些事必后再商量。

亲爱的筱瑞,你知道,我俩之间感情上的裂缝是挺深的,这主要是我的严重过失造成的,虽然我愿意也有决心改变自己的严重错误,在思想、工作、生活上更好地关心体贴帮助你,也虚心地接受你的批评和帮助,但是任何事情都是开头难啊!特别是写信时,我表现的关心和体贴会是不自然和片面性,但你一定要从善意去领会我的心意。如：关于要你做农业方面，当你说搞点基本建设时，我是欣然同意的，所以我提出你应当做些什么。后我又想你要马上去石嘴山，所以又说你首先应做梯凳等，只是由于我没把事情说清楚而已，所以你说这是空洞的口头禅，虚构的等，这不是我的思想实际啊！又如，什么我说："欠了债是要还的"这句话，我不是指别的，是我自己感到我的错误、过失是严重的，需要我长期艰苦的行动和努力，去弥补过失，是我自己感到自己"欠了债"，我有"负荆请罪"的决心而已。筱瑞啊！我说这些，只是望你从我的好的出发点来理解我。我并不责备你（也没有这种权利！因为我是有罪的人啊！），因为你目前的心情和胸襟是难受和不好的，我现在是理解的了！

我给你写的一封长信，现在还没有写完，近十天左右，一方面工作长，一方面心情挺不好，写不下去。有不少晚上我失眠严重，做噩梦，有时我梦到我们下

175

放队伍回到北京了，机关的同志和家属到车站迎接，
结果同志们欢迎呀！亲人们迎接呀！把一个个人都接
走了，结果车站上只剩下我一个人，不知往何处去！
又有时我梦见我回到家时，你不让我进家，说："你是
哪里的！这不是你的家。"结果我难受得发狂，结果就
在自己的哭声中惊醒。还有一次，梦见我也是回到家
了，你不让进家，把我的行李留在过道呢！就算任我
去离婚。结果我向在姐告状，而这时在姐开始还好，
随后张家建也出来了！最后你们三个人一齐骂我！把
我的行礼往屋外扔……所以我坐不下来，不能安静。
只要一安静下来，就好像这些睡梦中的东西，就是生
活中的现实一样。我头脑发烧发胀，隐隐泪下，我简
直想：我要么就摧毁周围的一切，要么就驾驰这一
切！……不写了！

我们要4号才能回县城，这封信才能寄给你，求
你常来信，15号或20号后，"四清"工作队才能下村。

祝

好

你的有罪的

军瑞

草1964年11月2日晚

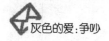

1964年11月5日

军瑞:

今天晚上接到了你的来信。我想有必要给你马上写回信,把问题谈清楚。你说你理解我现在的心境,我真要感谢你,这个世界上总算还有人理解了(一点)我。你也知道我们感情上的裂缝是很深的(这是弥补不了,也不可能弥补的,因为造成这种裂缝的不是别人而是自己),记得7月4号(1963年)发生事情那天晚上张颂和就说过,这是一辈子回想起来也很遗憾的,我认为是愤恨的!是呀!忘不了,我有时候难以想象我自己长这么大在这样一个社会里还要挨别人的耳光,这是多么使人羞辱的事情!而打我的不是别人,是你,就在第二天晚上气势汹汹地撕破了我的衣服并称:"朱筱玮,你放心,如果你不承认你的错误,我是不会跟你生活下去的！"我有什么错误值得遭这样的罪呢，我不知道，当然我就没有任何承认错误好谈……这点抓人心肺的回忆，深深地折磨我伤害了我，亲人！首先要明确，是什么？是谁？当然广而言之，新中国的人民之间都有如亲人。

我们都摆着事实看问题，也就不会那么不冷静而要发狂了，既然生活的现实已经亲手摧毁，还有什么驾驰好谈呢？既然已经在我走向生活（参加工作）的第二年就遭到了如此惨重的打击，还有什么不能再顶住呢？即使是用烈性妻物摧毁我的面容，或者将我杀死，我也不会愿意违背我自己的心灵。

我可以保存现状生活下去（这是不得已），但我不需要虚假，只要我们心里都明白就行了。

难道我说的这些都不对吗？我们都面对现实生活吧！不要再争吵了，实在是没有意思，我也不愿为这些事而伤你的脑筋，妨碍了你的工作。在这里我自己要申明一句，我不需要你还债，既然在以前我没有

从你那儿听到过内心的表白（有的只是你的自我欣赏），那么现在，我又能指望什么哩！我上次就写了，你从9日就开始写的长信，根本就不是真实的言语，我不但指望不到，我也不指望，因为这一切都已不再存在了。你虽然说理解了我，但是对于你，我真理解不透！

这是我想说的第一个问题。

另外关于经济方面我没有任何意见，不论怎样安排我都乐意照办。当5月份你母亲给伯母的信中搭给我一封满篇责备的信件时，别人（看到信）就说，就让他儿子去管！我想也不必，我做不出来，其实我倒是希望你自己的工资你自己管，我倒省不少事，前几个月的工资和去年的布票等都可算得出账来的。

至于买被子的问题，也随便你好了。你自己考虑该给自己做点什么吧！

衣服我给你寄去好了，还替你买了六尺蓝卡其①，

---

① 卡其布，是一种纺织面料。

做好裤子一起寄去，有什么事尽管可以来信告之，不必说了，反正是会照办的。我的工作也很忙，很少有时间想生活问题，有些不周也请你原谅。

祝

好

筱玮

1964年11月5日

我想我一定是前世得罪了人，来世生活才对我这样残忍，因为我回想今世的28年当中，我实在没有得罪过人，在大学，我除了是一个被认为要居中游的人物外，对我们班上的同学我没有伤过任何人啊，何况你这位伟大的书记哩！我真不知是哪一点对不起你，使你要如此对待我。我写过很多未发出的信，昨晚写过后本不想发，今早一想还是发了的好，既然是写了，还是让你看到好了，请你原谅吧！看到你的来信，我才要给你写这些问题的，原谅我吧！

1961 年

1962 年

1963 年

1964 年

1965 年

元月 8 日
3 月 5 日
3 月 30 日
5 月 30 日
5 月 31 日
6 月 14 日
6 月 22 日
8 月 5 日

1966 年

1978 年

1979年

1982年

1965年元月8日

军瑞：

来信收到，贺年片也收到了，谢谢你，我也祝你新的一年取得成绩和进步。

去年年底直到现在我们都很忙，我参加工作以来从来也没有感到这样忙过，所以也未写信。加上元旦以后我的身体不佳，没有什么了不起的病，只是不舒服，照样上班，但显得更紧了。我跟家里商量了一下，我想买件棉袄，爸爸要我这个月不寄钱回去就买一件。我已决定这样做，不寄钱回家，买件大衣。我上次给你去信说不能给你寄钱，不知你是否收到，反正我给你写信，好像很少听你说收到了或谈有关的事的，既然你很需要，那么我想法寄去，可能是10元或多一点儿，等有时间出去时给你寄。

其他的我很好，北京也没有什么新鲜事好谈，情况和以前差不多。

我们还没有开始搞革命化①，整个院来说已开始了，是分批来的，还没有搞到我们头上来，怎么搞法也不知道。今天听了曹部长的报告，可说是革命化的动员会，谈得很好，很深刻，也很生动，给我(们)思想上解决了不少问题，我们冶金室什么时候搞不知道。

我记得你早几次给我写过一封信，是说了……你(我)的工作搞得还可以，领导上也没说什么，也说我工作负责……(是我出差回来后的一次，反正是这个意思，后来我有点怀疑，你是从什么地方了解到的，我想你如果要了解什么最好不要向某些个人了解，可写信给组织了解情况，现在人们的思想各有不一样，昨天看来是进步的，也许他今天落后了，在某方面我不希望随便听一个人来说我一番，不管是好

---

① 革命化*：干部队伍"四化"，前提是革命化。革命化主要是指干部的政治方向、政治立场、政治品德和思想作风。

灰色的爱:争吵

是坏,这是一点)。

另外我要告诉你的,就是现在你母亲还想将雷蕾领到仙桃去带。我的想法,我以前曾和你说过,雷蕾在外祖母家生活得很好,长了这么大也有了感情,并且现在春玲走了,爸妈只带她一个人,她天天要爸爸抱,夏天连痱子也不生,冬天老抱着烤火,带的是可放心的,也省钱。我每月没有超过20元,经常是15元,不过还给筱琼寄点。农村生活水平比城市低,所以我想你的母亲尽可以放心,并且孩子说来说去不久我就想接来北京,何必这样到处扯来扯去。孩子不是哪一家的私有财产!是国家的!像我们这种情况下,能说得上谁要服从谁吗?我真不明白。不过,可能我说话又过火了一点儿,我只是想把我的想法说一遍而已。

姐姐调广东后还未给我写信。

你们工作很忙,希望你好好保重,我们虽忙,可能还比不上你们。我连想也想不到你们忙成什

186

么样子。

　　祝你

　　工作好，身体好。

筱玮

1965年元月8日晚

＊"革命化"工作方针宣传画

1965年3月5日

因为我没有理解透你这个人(过去和现在)而感到非常痛苦。

最亲爱的筱玮:

你的来信已经收到三天了。今天是三月五日,离三八节只有两天了,此信特向你祝贺,祝你节日愉快。

我昨天离开分团办公室到各村了解情况,今天到了〈略〉,趁此刻空余的时间给你写封信。接到你的信后,我读过好多次,每次都是内心隐痛,泪往肚子里流。深夜悲惨的噩梦经常使我从梦中哭醒,与我同睡的同志知道后,老追问我,还说我梦里说什么了!(此刻我心痛泪下呵!)我老撒谎说梦见打仗,梦见有人

188

追我等，只要他们一提这件事，我虽无法当人面泪下，但我总心酸心痛，如有天晚上我梦见我回到家里后，你已经调动了工作，离开家了……有人（大概是张坝和）说你被一个老头带走了，我回到家里空荡荡的，我坐下来，拧开台灯，然后发现你在收音机里对我说话，骂我，随后你又骂孩子，揍孩子，揍得小雷雷哭了……结果我伤心呀！哭着求你呀！求你不要打孩子，不要离开家。你还说不让我去找你，说：如果我找你的话，会有人杀我的……结果我伤心极了，跑到野外去了，我认为不会有人知道，就放声哭呀，结果我被人推醒了，问我哭什么？

筱瑞，不说这些了吧！我只求你不追究过去，我以后一定悔过自新，做个"浪子回头"，永远不再做对不起你的事情。过去的事情，我下次回家一定告诉你，我一定有啥说啥，决不隐瞒自己的思想、观点。只要你不抛弃我！我们以后搬离那里，我们俩好好在一起共同生活一辈子，为了共同的进步，也为了我们的

孩子呀！

我是诚心诚意地知道我错到底了，以后一定悔改。

另外，不管怎样，你应当好好地工作，决不能辜负党和国家的信任、组织的培养呵！组织上叫你担任副组长，这是组织的信任和培养，绝不能自暴自弃。说句实在话，家庭给我带来的伤心痛苦，我认为是世界上最大的、最不可比的了。虽然我经常内心剧痛，经常偷偷泪下，给我工作学习等进步带来损失，但我总是愿意承认和弥补自己对家庭的过失，也还没有失去自己在政治上、工作上、财务上的上进心。亲爱的筱玮呵！说实在的，过去我辜负了你，使你落得的失望，一切的过失都是我的，我这绝不是空口说白话，我一定尽我的力量，以至于用生命来弥补。

不说了吧！

另外，被子我已洗过了，从中间拉开，把两边缝上，大概又可以盖两个月。但不知什么时候又会坏，因为太脆了，所以希望你最近能给寄一床来，挑差的。

我们可能快回去了吧!

热烈地亲你

想念你的有罪的

军瑞

含泪急书一窗涧

3月5日下午5：30

阿胶①吃了没有？望你来信告诉我。

急切地、不安地盼来信呵!

有罪的军瑞

1965年3月5日

---

① 阿胶：补血滋阴,润燥,止血,女性滋补佳品。

1965年3月30日

军瑞:

我近来比较忙乱!家里和妹妹们近来也未去信,特别是家里,把小家伙往那儿一放,什么也未管,我有时真有些惭愧,也实在没办法。上星期出差去鞍山和当地工厂跑了一趟。一个人出差在外没有意思,不过只是了解情况(在团方面)很快就回来了。趁今晚开完会有点时间给你写信。你的来信我先后都收到了,我要你寄回来的你的以前写的东西也看了,说老实话我并没有对这一切寄予丝毫希望,我只是看看是不是你又在扯谎。对于这些我不想再谈了,人都说皮了,还是那老一套,说来说去还不是如此,现在没有时间更不必浪费时间,也实在没有意思了。你写的那些,你自己知道,你的记忆力我是很佩服的,连几月几日到北京，坐三轮多少钱你都记得，那么很多事情我也不必再说了，只是每个人实事求是地想想就行了。现实生活也是如此，没有办法，对于我自己的个人生活我实在感到遗憾。奇怪的是，每次组内开展批评和自我批评时（不论在哪组）我别的优点如果没有什么，联系群众这一条基本都有，我很伤心，为什么我的"家庭"生活竟是如此的糟糕？……

我不愿再说，要说的都说过了，想必你都记得。我想来想去，正如你道破的，我们真是有原则的分歧，而且随着现实的考验，我们在这分歧上越离越远。你不要因为这些而影响你的五好。我以前说过，个人生活影响你的情绪不是现在开始的，疯疯癫癫寻开心，这也是过去伤过我心的事情（这一切都不用我提事实，你自己是会知道的，承不承认是另一回事），所以我希望你不要再这样，应该好好工作，像你向我说的一样，如果你实在还是那样轻浮，寻开心，不注意修养，与我毫无关系，我也不负任何责任，希

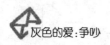

望你能在这最后的几个月里好好干。

我近来很好,工作方面虽然我有很多思想问题,工作中遇到很多不利,但我的决心不是越来越低,而是越来越强了。虽然工作并没有搞好,比较被动,可我自认为,思想上还是要求进步的,得一步步锻炼。

至于身体,我真要谢谢你关心了。如果你真关心这一点的话,你早该在我坐月子成天流着泪向你请求的时候就应动点心了(我真无法想象)。同志,我的观点跟别人不一样,你不要又混清不清了,我并不认为你〈残〉,感情这个东西是自然的流露而不是可以说考虑的,应该怎么样就怎么样的,我想这一点你是懂得的。

我很想念孩子,我看到别人的孩子的时候,这种感情就更强烈。对于孩子,我对得住我的良心,并不像你说的那样,我也尽到了我的责任,我对得起她。我说过让她死的话,那实在是痛苦到极点的气话,心里也真气得这样想,如果没有孩子,我心上就没有一丝牵挂了。我想念孩子的感情比我们情况相同的几个同志都强烈，可是我并不因为她感到幸福，这既矛盾也不矛盾……

算了吧！真没有意思。

你们现在工作如何？

你的情况怎样？

筱玮匆草
1965年3月30日

我有一套好邮票，从这封信给寄去，不要让别人撕掉了。

1965年5月30日

筱玮:

我最亲爱的妻子啊!

我们办公室的好心的同志,今天叫别人给我把你25号、21号的信捎进城里来了!因为他们知道我一个多月来是如何的盼望你的来信呵!

今天下午是政治工作会议的大会发言,交流整党工作的经验。中间休息十分钟的时候,捎信的同志找到我把信给我了,继续开会时,我一拆开信看,由于我在这大庭广众之中难以抑制自己内心无法形容的痛苦。结果我赶快逃出了这个会场。到了宿舍,致命的心酸,痛苦的眼泪,无法制止地倾泻呵! 命运对我竟如此残酷呀! 我感到"生活的一叶轻舟颠簸在狂风恶浪的海洋,它不仅是迷失了方向,而且它还面临

196

震天的命运啊"!

多少时刻我在工作中长呀！从我分内的工作到一切琐碎的事，我都寻找着去做，希望短暂地忘却痛苦。可是此刻我不行呀！我愿意在宿舍里（他们两小时内回不来呀！）让自己发泄所有这段时期中心中抑郁的深痛恶苦，让眼泪放肆地倾泻，妄想获得痛定之后的一点儿无所寄托的"慰藉"呀！

筱琦呀！我的罪过是什么呢！讲心里的肺腑之言，我的罪过是我不能很好地对待家庭、妻子。（我坚决反对，不承认我对你没有深厚感情和爱！我不承认，坚决不承认！）

我粗暴，我在实际行动上不懂得如何处理家庭生活，我在思想意识上有严重的夫权思想残余。我的罪过是我无嫉无猜地爱你，而要求你也同样对待我。我从爱上你的那天起，我就想过只要我俩在政治上没有道路的分歧，我就要与你生死在一起。

我现在、过去没有，将来也不会隐瞒自己的观

点,在爱情上,只有卑鄙的人才虚伪,才隐瞒自己的观点。今后我愿意清洗我的罪过,改正错误。今后我将在实际行动的一切方面表现出来,而不管你采取什么态度。

在此我违背我的良心和意愿对你诚心诚意地说,如果你认为我们这种状况是不可改变的话。那你可以提出来撒弃我。我对你的仅有的要求是,把孩子留给我,让我和她生活在一起,当我在以后的时日里被痛苦折磨致死的时候,你再把她带去,并求你好好抚养她长大,使她成为比我更坚强、有为的新一代。

请原谅我说的这些。我再次声明,这是永远也违背我的意愿的话呀!但只要你认为这样你会生活得更好一些的话,那我是会"同意"的。我感到非常难过的是,你对我竟是如此程度的误解,而我们则谁也不能改变这种状况。

我还要说一点,虽然我对你的思想品质曾未产生过怀疑,但我真琢磨不透你的心思。你为什么不狠狠地折磨死我呢！有时我认为你是要决心抛弃我了，有时我就感觉你"嘴硬心软"。你既骂我、伤我，使我无情的死死地痛苦，有时你就在行动上对我好，春节回家时你给我做衣裳、买衣裳、买袜子……由这些，我又联想到过去你对我好的一切，如在钢厂时寄给我的五块钱（这不是五块钱，这是一颗心呀！），当时我像过去、现在无数次下过的决心一样，我心里想："筱瑞呵！我从心底里决心，我要一辈子对你好，爱你……"（当然我承认我的罪恶的行动伤害了你，违背了我的诺言。）

还说些什么呢！我的心真痛，真乱如麻呀！只要你等待我，我是会改正自己的错误的呵！让我们都采取行动，把家庭的矛盾导向正确解决吧！

希望去石嘴山的时候，来怀远一趟，或者你先来信告诉我，我去接你，或者是（来不及写信的话）你来怀远后，到邮局给我们分团办公室来个电话，我可以进城来。到怀远后你可到招待所先住下，招待所小

199

李、小宋都认识我，你说找我，他们会让你住的，不需介绍信。

求你常来信，简短一点儿也行，告诉我你好和在家就行了。

此刻我真想找一个没人的地方放声大哭一顿才好呵！

不写了！

想念你的伤心流泪的军瑞草

1965年5月30日下午

这次开会最迟在6月4日结束！我想你一定要来怀安一趟……我怎么办呀！

速回信。

鞋不用寄来了，我已买了一双短筒球鞋。书就弄几本寄来就行了。手表已买了吗？

去西北气候比北京差异大，走之前应做好充分准备。阿胶不知你吃完没有，没吃的话，望你买点红枣、鸡蛋，早晨冲着吃，据说阿胶对女同志吃了好的。

200

这封信本来不想寄去，但我想你会正确理解我这时
的心情的啊！

1965年5月31日

军瑞:

信不知你能否收到?

我明天(6.1)下午3点多从北京出发去石嘴山,不知什么时候经过怀安,因为工作关系,我不能在怀安停留,如果你有时间去车站一趟,我把书带去,没有时间就算了,因为我想也许是晚上经过,到了石嘴山再来。

筱玮

1965年5月31日

1965年6月14日

军瑞：

　　来信收到了，正是我心里不痛快和劳累不堪下班回来的时候，你的来信多少给我了一些安慰。我给你的信大概在此同时你也收到了吧，可是我的信大概不会带给你什么慰藉。生活本身竟是如此复杂，以前我虽承认复杂，但还未像今天这样深深地体会到。

　　我的性格是有些改变，我自己感到这种变化在某种程度上来说是好的。生活的重大变化使我变了。

　　前天开会讨论工作我跟小苏顶了起来，今天上班去向中心试验室借用破碎机碰了一个粗人，态度不好，我也很不客气和不冷静，不过我都不后悔，因为我认为自己是对的，只是心里烦躁，我曾一度跟你说我不愿当组长，你当然是鼓励我，也是应该的，但

203

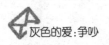

我自己的确有难处，我不适合搞这个。

来到这里后，我瘦了、黑了，工作比较累，吃不习惯，吃倒是还好，天天可以吃肉，但尽吃馒头加上天气很热、累吃不下，所以生活有点不正常，不过基本上来说还是很好，勿念！来到这里，我目前是搞压团，我不喜欢搞这个，认为对自己提高不大，鼓风炉开炉我未参加，不过我自己经常跑去看看，但比起实际参加来，差远了。已经开了两次炉了，第一次我还未来，因为多方面的原因，死炉了；第二次就是上星期开的，开的比上次好，但由于突然停水，又停了。我们目前计划是开炉开顺利的情况下，开半个月就停炉，工作就算告一段落，预计六月底完成，完成以后留下一至二人搞社团和施工建设。我大概不会留下。我现在认为组织上会考虑这一点，如果让我留下，我也可以向他们要求让我回去，因为没有什么了不起的工作让我留在这儿，并且我一个女同志在这儿多不方便……

工作可能有变动，做好思想准备是很必要的，我们组本来有七人，现只剩五人，已调走两个，一个去娄底，一个去大冶，听说还要调走一人（是我来以前听到的马路消息）。我以前老想被调到分院，也是考虑到你们部里也要调人出去，关于我这方面的情绪，我上信已谈了，现在我还是不太愿意到这儿来，不过实在要调也没有办法。

你为什么会怕客观上的分离呢？如果要调动，我想会一起调动的，我只是希望调到我自己比较习惯的地方去。军瑞，我有个成见，我不愿去湖北的任何地方，我自己也不知为什么。其次北京以北和这西北地方我也不热爱，其他都听天由命。当然如果命里认定要调到正好是我不愿去的地方，我也不会向组织上讨价还价，我只是希望你知道我的思想，在能发表自己的意见的时候，考虑到我的意见。西北这地方除了吃不惯以外就是水少，我是个爱干净的人（这并非缺点）我就过不太惯，唉……没办法，不能想也不能比，我只是有说不出的难过。

这里如果是到现场工作更糟，这里人与人关系复杂，技术员、工程师都互相矛盾，瞧不起，那么我们这样不懂冶金的人，就该成天倒霉了。

我倒希望去娄底工作，就在有色就好，或什么研究所，我不愿回学院单位，也不愿搞设计。我在娄底，把孩子放在家里，每星期回去一次，多美啊！我尽乱想，我希望上帝保佑，赐予一点点满足吧！

那天要给我熟肉，我实在是不想吃，我带来几个卦蛋，一直吃到昨天，都有臭味了，还分给一人一个，要不也就浪费了。

谢谢你的邮票，很漂亮，我给你寄来，你都替我留下，以后积集一点儿好看的邮票。

院里已给我把工资寄来，我明天就给他们寄去。回院后再想法买表，可能还买不上什么好的，因为还要做衣服，你一定要买上布，先满足做裤子，然后做衣服，裤子可以买深色卡其布，衣服买蓝的好，蓝色的夏天穿，冬天还可以再做。

好了，再见。

出差都看不进书，真倒霉。

你有什么痛的哩，难道我打过你的耳光吗？

筱玮

1965年6月14日晚

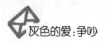

1965年6月22日

最亲爱的筱玮：

你好！

你的14号、16号的两次来信都收到了，虽然工作挺长，但信的内容引起我心沉痛，使我无法安心，所以又提笔给你写信了。从来信中反映的极烦闷和复杂的思想情绪，给我无数次带来了比你更痛苦和难受，我思想情绪也毫无片刻能得以安静的，我真悔恨自己造下了这么大的罪过，伤害了你。

可是亲爱的筱玮呵！我还能说些什么呢。你要讲真话，实事求是，可是我说的确实无半点假话，我待你从来没有过坏的出发点，但是我待你有很多错误，这是我的思想修养上的缺点和作风的缺点带来的，我承认这些不管你今后是采取什么态度，不论是帮助我改正也

208

行，不帮助我改正也行，我反正是要改的，一定要改的，对你的伤害，我一定以自己的行动来补偿。只要你最后原谅我这一次，我是能够把一切都慢慢转变好的。

我们最好不要停留在对过去的争论了，为了政治上的进步、工作业务上的提高多想想。你把过去我的缺点和错误系统化起来，作许多推断和设想，并扩大化起来，这个我无法承认（如果我不实事求是就可承认）。对过去一些事情的解释，我无半点伪造，我觉得我对待我们之间的纠纷的态度是实事求是的，我不止强调我这一面，我的态度是，首先，肯定了自己的错误是主要因素，也设身处地地从你的处境考虑了我的所作所为给你带来的伤害，所以我觉得我对我的错误责任的认识是明确的。对改善今后的关系，我对待你没有任何相应的要求，我愿意从我主观点作出一切的力所能及的努力。我过去、现在、将来都爱你，谁也无法使我在思想上抹掉这一点。

亲爱的筱玮，读了上面的话，我求你先别发火好

不？事到如今，难道我还有什么可躲躲闪闪的吗？虽然我们之间是家庭纠纷，但我们也是党团员呵！难道只有你实事求是，我就是一个思想品质败坏的家伙吗！唉呀，筱玮呵！我不承认我对你有什么坏心思，至少也是95%以上是想对你好，想在生活上、思想上……各方面使你高兴愉快，可是我的一切心思的好的方面都被抹黑了。

反正我说不清，不说了，真急死人呵！唉！该死的怯懦的眼泪又出来了，我气我这个可怜虫。

说几件别的事吧！

（1）下月望你能设法把皮鞋买了寄去。经济上的情况，我是清楚的，被动局面是我造成的，我只能总结教训了呵！在现有的情况下，你设法安排吧！我知道你比我会安排。

（2）妈妈给我写过同样一封信，大概是5月25日的信中给你说了，我给她写信说服。她又提出要接孩子到仙桃。

我并不是一定要你给她写信，我只是考虑你能写信的话，可以起到促进作用，若你心情不好不愿写的话，也可不写，我慢慢来办好了。

　　(3)我想要一床被面，把花布被面拆了寄来和五瓶"化脐丸"。因为上次信中已经写了说团委李文华（我们全体的生活总管）回京，现在他又不回了，所以望你能给寄来（不用急），因为我的垫单成碎片了。

　　(4)妈妈要接孩子的事，我给她写信推托好了，勿担心。

　　我每封信的结尾都要心酸流泪，时刻都在想念你和孩子，一定要给写信，两句话也行，只要说明你们好就行了。我真担心由于心痛这一年会被折磨死，可能这也会是你希望的吧！

　　此刻我真想跑到荒野放开喉咙大哭一场，心里受屈得要死人了！

可怜的军瑞

1965年6月22日深夜

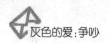

1965年8月5日

亲爱的筱玮:

你好!

你7月24日的信,我在8月2号收到了。现在北京情况如何呢?请来信谈谈。据说北京机关停三天工作学习什么文件一事,我们的工作情况预计在下旬会有所变化。你接到此信后,可在20号前给我回封信,20号以后我们可能要进城集训,详细情况,可在下次的信中告诉你。我现在一切情况都好,可以参加劳动了,但医生嘱咐不得太猛……这些我自己会注意的,请勿挂心。

你来信中谈到的问题,我还有什么话说呢?都已经讲过了,主要是你说什么"不是真实的心里话",这是不符合实际情况的。为什么打你,这是一时的脾气暴发,做了罪该万死的事情。为什么暴发脾气,这我在有次的信中已谈过,对老母亲来前后的情况,我有处在当时情况下的理解……就是这样,这是绝对的真实情况。至于什么在公园里、在车上和五一的事,你根本对事实的理解不符合我当时当刻的思想情况。是你心胸狭窄,是我"说话无意"你"听话有心"。长期把它郁结在心里,使你心胸也越来越窄。性格上待我越来越孤僻,脾气越来越躁。还谈到什么"骑自行车"等,"我都几乎忘了,想一想确有过此事,但这根本是生活小节,我说了什么,不记得了,但这里根本不存在什么动机。世界上也根本不存在什么以能否骑自行车来衡量人的""水平"的标准。这只能说明你心胸狭窄到什么程度!你把我当敌人、坏人那样怀着戒心,你还谈到生活给我什么教训,这个我记得给你说过许多遍了。这就是我没有很好理解"爱人的心",(什么意思,谁是你爱的人?)过去我们两个都是一样,对对方在感情上要求都是极其严格(难道要马马虎虎地要求就好吗?)的(这是极客观的,你可能不

213

承认），互相都觉得没有完全地占有对方……所以在生活上互相闹下了别扭。造成感情上的裂缝，终至难以愈合的程度。教训就在于没有很好地理解、发现你的需要，没有适应你的性格，没有及时地消除隔阂，在专权封建残余思想的支配下，我觉得我是你的丈夫，我有权全部地占有你的全部爱情，因此有时伸手粗暴地片面地向你强制索取。有时甚至"心情气愤"地想，如果我俩不能活着一起相爱，那我俩就一起死去……过去你心胸狭窄，我没有使你解除，反而觉得你不爱我，我不服气，我要占有你的心，结果使你的心胸越来越狭窄，性格脾气越来越暴躁。后来我虽然完全理解到有许多事情是你性格心情上的问题，但我没有帮你解除，反而责备你是"世俗观点"像"普通家庭妇女"那样，这种错误的态度，也加深了事情的矛盾。筱瑞呵，你难道说这些不都是客观的真实情况吗？

　　现在我是明明白白地认识到了自己的错误、责任的，我的保证不管你信与不信，我能说到做到，也

214

不管你今后如何对我，我都要心平气和地好好地对你。以后一切事情都永不强求你。筱玮呵！我们有什么权利不努力摆脱目前的状况呢?！不管你或我在政治上都是有好的基础的，业务上也是有潜力能提高的，只要苦干一二年，决不放松政治进步、业务进步，我们的一切局面都会很好改变的，筱玮呵！请你最后一次地相信我这"浪子回头"吧！

你还提到有次关窗户，这是为了你和孩子，我那样声明，只是有意见、生气才这样的！这个我是很不应该的，也是自讨恶报了！！

以后每月只给仙桃寄拾元，皮袄寄走了吗？我这里工作劳动是挺好的，自己努了力的。但是家庭问题占了我不少休息时间，因为你不原谅我，我有多少长夜难眠呵！使我消瘦，夺我精力，但你如果只从我的工作和劳动考虑的话，你可就不用怜惜我，我认为我工作得还是可以的，劳动上我是卖力的，我学会了许多农活，我自信可以跟全体工作队的人比赛！不管他

215

是本地人,还是我们部里的人,他们都干不过我。

　　热烈地吻你

　　我流泪了

你的忠实的

军瑞此

1965年8月5日

1961年

1962年

1963年

1964年

1965年

1966年

5月29日
6月18日
6月26日
7月24日
8月26日

1978年

1979年

1982年

1966年5月29日

军瑞：

我于27号到达石嘴山，一路上我真感到旅行的辛苦，但是当天我们就到工地去了。这个工地是指我们建房子的工地，由于要会战，人多没地方住，一切都需要自己动手，从头来，比我们前一星期来的同志和公司同志与外单位同志们一起已盖起了一幢干打垒了。毫不例外，我今天就参加了建干打垒房子的劳动，要建多少栋，建到什么时候还不知道。

要搞这样一个会战，把这个项目拿下来，这么多单位参加，组织领导是一个很重要的问题。我在院里就有这个思想顾虑，怕到这儿来以后，并不像事先想象的那样，组织领导很好，突出政治轰轰烈烈地干它一场，到这里来以后，情况还真不是那样。

大概是"万事开头难"吧！总有个过程的，如今各单位还没来齐，我们的任务就是盖房子，试验什么时候开始，我还一概不知，来了就劳动，还未抽时间去到试验现场看一看。我们现在还是住招待所，因为没有其他地方可住。

这里的形势大好，一派革命气象，被列为全国大庆式单位之一后，是真要做一点儿大庆式的样子出来，所以来到这里心情还是很愉快的。

家里给你写信了没有，我真是很想念她们，当我看到小孩时，我就会想起小雷来，在北京两个月的时间给我留下的印象太深了，我想起当我回家她向我跑来的时候，跟我去合作社的时候，听着收音机跳舞……老是在我眼前出现，如果不是工作占去了我的精力，我简直不知道怎么过好。

你这几天怎么样，住到部里去了吗？看来我是不会马上回北京，即算去厂里也不是近一两月的事，因为现在的战略部署不清楚，所以也无法估计准确，你

可以考虑住到部里去，如果是可以的话，这对你的工作和学习都有好处，我希望你工作、学习、思想修养方面取得更多的进步。

来之前又跟你吵了一架，像这样的吵架我实在是不愿意发生，也实在是有些低级趣味，但是你这个人也真不争气，要害得我这样，我真对你太不了解，以前不了解还可以算了，可是现在哩，你是怎么样一个人，你的思想活动是什么我也不知道，这里面你是有隐瞒的……所以我又不得不跟你吵嘴，这样的日子我自己也感到非常的痛苦，你知不知道？

我不在家你要多看点正经书，不要净翻那些无聊的东西看，在机关里不要学别人一样读那些无聊的东西，春节时有很多部里同志到我家来我才发现你们平常是扯了些什么，别人"四清"回来后有了孩子你也都知道了……你这个人就是有点"低级"，我真不了解，以后我还了解到这些，又要吵架了。

好了，不谈了，孩子那里有信儿时赶快给我写信。

筱玮

1966年5月29日

1966年6月18日

亲爱的筱玮:

你好!

接到你的来信真是高兴,你总是那样一股强劲,你总是那样眷恋我,其实我在机关里不算先进,但也不算落后,但是有一条是肯定的,我在家里是落后分子,这是没法变的了?!

至于你经常(过去和现在)指责我的那些,我一直就这样认为:你指责的所有事实大概有20%左右是真实的事实,问题的性质根据你指责的大概,其严重的程度为你认真的50%左右。我的人生观确实存在问题,特别是家庭问题上反映的问题。但主要的是我没有全部地占有你的感情。从这点出发,虽然我犯了严重错误,也只要你同样地从这一点理解我,你也不至于老是说"不了解我"。有时我也责备我自己，我认为我可能是世界上最重感情的人，由于我要求得太多了，而你给我的则总是很少，以致差距越来越大。在这种情况下，我就要向你索取就要抢！就要夺你的一切！！我心里就像掉了肉扎了针！！甚至我在发狠的时候，我曾想过，要么你把你的全部感情倾注给我，让我们幸福地在一起生活；要么就让我们一起死去！我毫不否认，这是我在气之不得的时候，有几次脑子里闪过的念头。这是确确实实地反映了我的人生观存在严重问题。

我的态度是：第一我有严重错误，对不起你。第二是我把全部感情倾注给你，但同样也要全部地一点儿不漏地占有你。对这一点，我是死也不甘心的。是的我有错误，但它远远提不到所谓道德品质的高度。可是你呢？你不觉害臊吗？我们婚后快四年了，你曾来说过一句爱我，只说过相反的话，我气死了，我真要摧毁一切，与一切共毁灭才死心的！

我冷静不下来了！我时时在思念贴着你，我流泪

了,我真是一个无用的可怜虫!

昨天早晨给你写了几句没有发给你,现在又补写几句。

首先我还是担心你,怕你在运动中掌握不住原则,胡放炮,你说你已转入其中,到底是怎么回事,请快告诉我。在有些问题上我希望你能与我商量,信上挂一句,并且把是怎么回事告诉我。

星期五我上你们院里去了,院里党委现在号召向领导、向党内贴大字报。其他人的情况,还是那些重点。选矿室的反革命——刘云已自杀了!(切不可外传)你知道就行了。

我们机关(其他地方亦一样)运动一开始后,就能看出明显地左、中、右三派,你给自己划一划,是哪一派呢?一定要按党的原则、主席思想、各项方针政策办事、说话,绝不可懵懵懂懂。

有色办公室现在是四大重点:

(1)谭淮,类似如(可能是)黑帮类型人物(反动)

（冶炼老工程师）。

（2）王秀忠，资产阶级"杜威"（抵制主席思想、党的领导）。

（3）李永春，（选矿工程师）黑帮类型人物（反动）（就是那个广东人……）。

（4）赵月英，（赵处长）资产阶级分子类型人物。

现在左派已成立战斗小组，写分析批判文章，现在运动还是深挖深揭阶段。

批判文章要写好，就得有主席思想，现在我们，特别是我自己感到特别不足。

这个月的经济情况是：还债20元，仙桃20元，娄底15元，配眼镜9元，凉鞋3.6元，伙食12元等，我估计这个月所有开销之后，只能存5元钱了。

〈略〉试点也应抓紧进行，工作不宜拖。

以上所写不要外传，切记，只望告诉你能开开脑筋而已。

望火速来信！快来信！急得很！

非常非常想念筱瑞的军瑞

此　　1966年6月18日晚11时5分

在姐寄来的东西我已转给娄底了。

仙桃我今年就没有写过信，前不久(5月底吧)住永定门外的那个任某(带给腊八豆豉的)回仙桃后打电话来(在科学会堂时)说父母问，好久不写信不寄钱为什么，我才写了一封信，也不见回信，反正就是这么样了。每月寄钱时，写一两句问好就完了。(过去一直如此)

咱们在家里"新文化革命"好了！请你批判吧！

1966年6月26日

军瑞：

我搭回去的信和表收到了没有，不知是什么问题，能修好吗？我大概要去厂里了，表修好了的话，不用搭来了，我自己回来拿。

接到你的来信，我首先是感到很气愤，既然你知道你的人生观有问题，为什么不好好改造自己，直到现在还说出这种话来，我害臊什么？你才不知害臊哩，作为一个党员，大概运动中也很"积极"吧！可是你脑子里这一套，能够用得上吗？你是无产阶级事业第一还是"爱情"至上？你既然承认自己在这方面有缺点，而又千方百计为自己辩解，又是为什么？一个人在改造客观世界的同时，改造自己的主观世界，不承认自己的缺点和错误，老自以为"是"，这样发展下

227

去，当了"官"敬了"财"就会变质，你不止一次地想过要和我同归于尽，如果这样，你会遗臭万年！有这种想法就是严重的资产阶级人生观，不配做一个共产党员，你以为我会害怕吗，我不是那种胆小鬼！我只是因为没真认识你而感到非常痛心，对这些问题，你必须好好认识和改造自己，生活问题不是小问题，也不能孤立起来看，在当前的严重的阶级斗争形势下，特别是如此，像张耀禾、方庆刚之类的人物都是由生活问题引起或者是都存在生活问题。我看透了这一切，当然我不是把你和他们相提并论，而是对你的态度很气愤，每次提到这些事情，你不是认识自己的错误（只是轻描淡写的一句"有错误"）而很大的篇幅是指责别人，难道不是这样吗？我希望你认真考虑一下我提出的问题在这次触及人们灵魂的"文化大革命"运动中，在同反动旧思想、旧世界做斗争的同时，不断改造主观世界。如果认识不到这一点，将来要犯错误。关于我在运动中的情况，上次信上已经写了，不

228

再多写，以后面谈。我自己水平低，一方面对于反党反社会主义分子要进行坚决的斗争，另一方面，要努力改造和提高自己。

关于入党你经常跟我谈这个问题，可是目的何在，你并没有很好地谈过，只是说明了，要发展……

而我的想法是，自己不够，特别是对于我的生活，我对你有这么多意见，就免不了要吵架，而我认为作为一个党员，怎么能不首先在家庭这个问题上解决好问题呢？特别是如果我入了党，两个党员组建的家庭，那应该是个好样的，可是正如我上面所说的，我们之间这些矛盾还没有基本解决。

当然更重要的是我自己思想觉悟还不高，工作也还没做好，基于以上这些我感到自己不够入党条件，我认为自己的认识是正确的，在这方面如果你有看法，应该把道理讲清楚，要能使我心里服气，否则我带着这些问题去要求入党不是去"投坑"吗？我不会这样做。

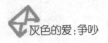

小雷那里来信了没有?

筱玮笔

1966年6月26日星期日

为了以后在这个问题上少提,我提议你反复多看几次我的信,以真正的共产党员的品质标准来要求自己。如果你说我说得不对,针对我所写的实质的东西,拿出道理来说明。你好好想想你自己,再来教训别人。你处于我的地位想一想,想写什么。我要受你的太无道理的侮辱?!我不是那种人,我这一辈子也不会甘心,你恨死我吧!你可以随心所欲地侮辱别人,当别人不爱你的时候,你要和别人同归于尽,这是什么人生观,这是真正的党员吗?我为什么要入党呢?

1966年7月24日

军瑞：

　　来信收到了，知道北京的一点儿情况，使我高兴。

　　生活的痛苦周期性地折磨着我，最近以来我处于一种非常痛苦的情况之下，所以不愿意写信，写出来也没有好东西。你给我一生造成的损失是太大了，对于这一切的一切，我不知道应该恨谁。我痛恨自己没有幸福的生活，我这一辈子也无法提高自己的思想了，无法修补心灵深处的创伤，因此我大概也没有办法再进步了。如果说这些都是资产阶级的无可救药的思想的话，明天就把我枪决，我也无法改变过来。因为客观的生活就是如此，每个人都设身处地为别人想一想，知道我的真实情况者，我想也是无法打通我的思想的，结婚9个月以后生下第一孩子本来应

该是幸福的，可是我实在不堪回想，处在我这种地位，除了悔恨以外，为什么要害臊呢？谁还能举出第二个像我这样的例子呢？

你口口声声说别人不进步，进步缓慢等等……你不但是在这一点上，说我为什么土里土气呀……看到洋气一点儿的人物就目不转睛了（说起来也恶心）。你的进步我不需要，如果不是你这样一个党员为我作"榜样"，也许对于入党我会要求得坚决些，现在我还未明确我为什么要入党。我早就向你说过，像我这样连家庭生活都搞不好，要挨别人耳光的人能入党吗？告诉你，以后不要给我谈这一套！你瞧不起我，趁早！找你认为进步的、穿得不土气的人去吧，免得看着好的看不够。真卑鄙，如果做个不像党员的党员，倒不如做个名副其实的孬种，请原谅我这种生气的话，这是我的观点，我就是要讲明自己的观点，这些我不止一次地向你说明。希望你认真对待。道理说得不对吗？有很多缺点和问题，不论从哪方面来说都不配做一个党员，所以我不入党，以免挂了名而无实，那对党的事业以及对任何方面都是没有好处的。要争取入党，我实在内心有愧呀，我万万没想到我在生活的道路上竟是这样的结局，换上一个耳光，这是我一辈子的耻辱！不再住下写了，我实在不愿写这一些。

......

1966年7月24日

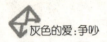

1966年8月26日

军瑞:

　　我今晚非常想念起孩子来,我想了很多,回忆了很多很多,心中非常难过,因此提笔想写几句,其实我也知道我写这信的意义不大, 可是你毕竟还是她的父亲,只好向你写了。生孩子给我带来过最大的痛苦,这是别人没有过的,它给我的心灵深处留下无限深沉的不可磨灭的创痛,我永远忘不了这件事,但是孩子没有罪,我是非常非常爱她的,到这里来以后试验虽然很忙,但是由于出差到这里的人较少,一回到招待所,清清净净的就使我想起往事来,想起小孩来了。我真不知是为什么家里没有信来,莫非是出了什么事情? 如果那样,那怎么办呢? 对于很多事情我想来想去想不通,只好埋怨我自己的命运了。有时我真

234

有点神经质，我净往坏的地方想，我想我生活中还会
有突然的不幸。我还想象，这样下去，你真会杀死我
的，也许我的命也不长，会很快死去的，为什么不是
这样呢？我以前可从来没有想过，万万没有想人会这
样的坏，我会遇到这样的使我伤心到极点、眼泪都流
干的遭遇啊！从那以后，我就开始不相信很多事情，
我就开始恨（恨我自己），也开始厌恶……在1964年我
这种感情强烈时，从痛苦中，我甚至于感到舒服点，
而后来渐渐淡泊了一些时，过后我会感到带着痛苦
的耻辱。

1966年8月26日

1961年

1962年

1963年

1964年

1965年

1966年

1978年

3月13日

1979年

1982年

1978年3月13日

全哥已给我来信，他讲他最近要来。

朱筱琦：

我曾多次想给你说明我的事情和情况，但既愧于自己在政治上的路线、方向错误，对不起党，也愧于家庭，因而也就心疼而止。此刻我还是趋于义务和过失，把我去年十二月廿八日写好的一封短信寄给你。这些我来此前已更详尽地给组织上写过了的。

当然首先肯定我有严重错误，做过许多错事，说过许多错话。是路线、方向性错误。其根源是由于自己没有很好地认真学习毛主席著作，不能很好地全面地掌握毛泽东思想的体系，因而极易受"四人帮"的思想影响，受骗上当，犯错误。从思想感情上，对毛主席健在的时候的党中央无限信仰，根本没有想到

1978年

中央会出"四人帮"。正是由于自己不能掌握毛泽东思想的体系，因而从路线觉悟上，从思想理论上，以及实践中存在的许多问题，来检验并认识到"四人帮"的破坏、捣乱这一总祸根。

对于家庭，我已失去责任了，只有义务和补过不及，待我的最后结论后，听从你的一切安排。

这里环境一切都非常好，要感谢陈司长和组织，也感谢这里的组织和工人师傅。从生产实践中我学到了许多东西。从工人中学到许多优秀的思想和品质。

与我同住的是一个班长，一个〈残〉，化〈残〉一个19岁的〈残〉工孤儿。他们非常好，思想觉悟高。

我急待姐给我来信。我还需要生活费。希望知道孩子们的情况。

带给我的班长买布的事，若能马上买到就寄来。一是八尺深灰色卡其布，一是一件草绿色涤卡以军色上衣，或买布，买草绿色的卡也行。若不能马上买到，也要先设法给我寄生活费来。

239

　　这里生活条件很好。吃住我很习惯。身体情况去年很坏，到北花农场到现在有好转。去年时我神经经常痛，有时痛得要爆炸似的。后来我在北花时，左边神经痛，左耳有时聋，现在左耳好了。可右耳又出了毛病，右耳不能听广播中的音乐，一听音乐就耳鸣如击鼓，难受至极。去年我还两下肢萎缩细小，现在也好多了，但左臂、左腿、筋骨常痛，肝区也刺痛。过去几次拿命休假来出差，有肝炎没有休息。该死弄得不好，可能硬化和癌变了！大概这也是精神造百病吧！但我还要工作，今后还可革命，我相信这一点。我也相信这一点，精神也是能治百病的。总之，正如来前你讲的，相信党，相信群众不是空洞的，我一定坚信毛主席的伟大教导，实事求是地认识检查自己的错误、改正错误，重新做人，重新革命和工作。

　　锐好

负于家庭的军瑞
1978年3月13日

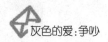

1979年9月6日

筱瑞:

你好!

你是忙呢? 还是病或其他困难呢? 至今我已断粮,怎么粮票还不能寄来呢!

这里传说,三季度可能部里要给我作结论。但已到九月上旬,尚无音讯。上次信中我讲过:到现在越来越清楚的历史条件和社会原因是构成我在路线上犯错误的客观条件,当然因为是政治路线觉悟低,缺乏政治经验。在林彪"四人帮"反革命修正主义路线公开猖獗之时不能识别,导致我在政治上对毛主席、党中央的无限信仰,被利用被引向错误的方向。难道在这种主客观条件下一个人犯了错误,党的组织就不允许改正错误吗! 我深信,这是绝对不会的。

如果我向组织上检查了自己思想意识作风上的错误，难道这就是应据此受最严厉的处分吗？我仍相信，是允许改正错误的！

正是由于我从来怀疑，从来议论攻击过中央领导，当然也包括不认识"四人帮"，而在当时条件下，作为一个普通党员，只有把毛主席、党中央作为一个整体来对待的意识，结果在审查我时，出现了那么多应有尽有的所谓议论攻击中央领导的诬陷不实之词，从而把我神经都弄失常了。难道组织上就据此让我终生背不白之冤，而不审理澄清吗？我坚信，这是绝不会的。

因而，在目前传说要给我作结论时，你既不来信，也不寄粮。我在久久思索之余，使我更不平静地突然想起"是不是你听到了什么我的最终结局"的事呢？！

为此我还想说如下的话：

在过去的历史条件下，加之内因水平低。结果我对毛主席党中央的无限信仰和热爱遭到林彪"四人帮"践踏，我对党和国家事业发展的期待和热情遭受林彪

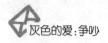

"四人帮"的利用,我对上级党组织的依靠与信赖被罗友道、曹朴山之流所出卖。我做了许多错事,说过错话,损害了党的事业。对这些错误,正由于我主观上从不反毛主席、周总理和老一辈无产阶级革命家,不反党,不反社会主义,才使自己更悔恨,更痛苦。以华主席为首的党中央一举粉碎"四人帮",今天我们党和国家才有这种切实通向美好未来的局面和前景。这是党和国家、人民劳动者的期待与向往。因而我个人的结局不管如何,都无关大局;不管我个人的结局如何,我过去、现在和将来,对党都永远只有报答不尽的恩情,并依此感情做任何力所能及的工作,只要活着就如此。

因而,我最悔恨的是,对不起你!我最不可补偿的是对你的连累。说这我并不期待你的宽恕,我现在不知道也还不知是否可能,并有某种办法,减轻对你的拖累。如果你有什么想到的可能和办法,我将永生遵意而为。至于孩子们,我也对不起她们,现在对她们的想念是过去从来有过的深切。有何办法呢,将来的生活之路，让她们自己走吧！目前我恳求你加上一份我的心愿，督促、辅导她们的学习。我记得列宁在苏维埃建国初期讲过这一内容的话：愿意要一个愿为苏维埃服务的专家，不愿要几十个无能的党员。而且当时苏维埃的政策也是对"专家"高价雇用的，在"四人帮"路线危害之条件下，我在机关至少在技术上也荒废了十年以上，这也是深刻的教训呵！

虽然在我离京时你讲过"可回家探亲"，但现在我应征求你的意见。如果我的事还无结果，在最近，元旦或春节我回家一次可以吗？

今晚英语学习实在集中不起思想来，就提笔给你写这些。

问好你和孩子们

祝

身体好

对不起你的军瑞章

1979年9月6日晚9时

245

1979年9月13日

姜军瑞:

　　接到你的来信,我感觉是哭笑不得,你说你听传话三季度要给你什么结论,而至今没有音信,而又不见我的来信,可能是我听到什么结论了吧!你把我不给你写信看作是作结论的信号,多么有趣!你难道不知道我已经听到过关于你的"结论"两年了吗? 按照你的猜想,你的结论还会比那个更重吗?你对你自己忠于党的事业的辩白到底来自于何处呢,你对自己到底如何看法,不是充满着矛盾吗?另外,如果你不是有意的话,你真是还是太不了解我了,我一直是这样,寄粮票时总写了信的,而且我们的通信,如果不是说到更远,那么自莉莉出生以来大概通信的密度也只如此而已。还有,我不得不更明确地说,我自己有自

己的主意和想法，绝不是等着谁作个什么结论而来
个180°的转弯的。姜军瑞，尽管以前我们很少思想交
流，但是我对你还是了解一些的，你把我当成你的一
件衣服，需要时穿一穿，有新的就换下来，没有把我
看成一个伴侣，这个是我们家庭的悲剧所在。但是我
对你的遭遇是寄予很大的同情的，虽然我并不完全
同意你的看法，说是客观和社会的因素使你犯了错
误，"四人帮"利用了你对党和毛主席的感情，不见得
是这样……但是不管怎样，我认为部里在对待犯错
误人的政策上，不是毛主席的政策，他们是过头了。
我的观点再明确也没有了。我认为应该允许一个人
犯错误，也应允许人改正错误。作为夫妻不应在对方
犯了错误就如何如何……但是另外，你也知道，对于
夫妻关系来说。没有一个真实的思想的交流，没有互
相关心和帮助，只当成一件衣服……这远比犯错误还
要糟糕，我们是什么情况你是知道的，而且你就连这
些与路线错误不太有关的，都做过交代的啊！过去的

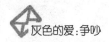

事情就不必去追述了,谁都是会记忆犹新的。军瑞,我是愿意帮助你的,但是我无从着手,因为我不了解你的思想,就拿你写的信来说吧,真不知要说明什么?我想你既然坚信党的政策把自己置之度外。那么你就应该耐心等待,不必疑神疑鬼,我不会比你的日子好过多少,什么消息我听得着,而你听不着,这不是可笑吗?我没有出卖过你,说得更恰当些,我对你的事一点儿都不了解,所以我也没法去出卖你。举例给你说,闫贻忠、丁玉松之流揭发你的,我是一星半点听都没听说过的啊!真是使我大吃一惊,为之愕然。这些在你犯了错误,发配到锡矿山以后我都不愿意说,我想说这些没有意思,可是你逼得我今天不得不说说我的这些想法。我对你是有看法的。这种看法早已有了,现在更加重了。我不需要等待别人的什么决策,我的生活是苦海无边。十多年来已是如此。现在不过再加上一点儿阴影而已,我还指望什么哩?我对你的处境是同情的,我只希望你努力地工作和学习。等待组织上的最后结论。如果还有什么最后结论的话。结论是要通过本人的,你自己应该深思熟虑,作出自己的结论。

至于孩子们,你过去对她们也很少尽责,你过去"太忙"了。生活的道路也只好让她们自己去走,我是要尽我的力量的,可是我没法把你的一份加进去。

你现在倒征求我的什么意见来了,在我即将难产的时刻,你要出差,我要去干校,所有的家庭累债都加在我头上之时,你刻不容缓要出差,你在家里如坐针毡,回家几天就得吵上一架,那时你怎么不征求我的意见哩,我看还是你自己决定吧! 我没有什么意见!

至于我,我早就死了心了,没有希望,没有等待,我更没有把部里的什么决定放在眼里,我也不会向他们去乞求什么。我早就向他们说过,我是国家干部,不是谁的附属品。

我的心灵深处只有哭泣,没有欢乐,我要请你原谅!

朱筱玮

1979年9月13日

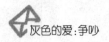

1979年10月2日

瑸:

我的心里特别想在娄底见到你，我们一起在家住几天,那该多好啊!

筱瑸呵! 我的心里揪心地痛苦,我同你在一起的每一小时都要受你的一次咒骂，同时分别的时间的每一小时都要思念你,惦记你生活得怎么样,在我想念你的时候,不知你的记忆中是否有我的存在(唉,我这样怯懦,心一酸,我下泪了),我知道你不爱我呀! 我有孩子,我有妻子,可是我的妻子根本对我很少有感情,她恨我,不宽恕我一时的错误,她敷衍着同我过日子呀!

我疯了,我此刻要找人,也许你在我身边我要同你打架,让我俩都毁灭掉呀!

250

可是我怯懦还不是表现在我的眼泪上呵！而是你不爱我，训斥我，经常在我面前泄恨。而我呀，没有反对斗争，只有流泪苦求，期待……无望的期待呀！

　　要么就让我在家庭的斗争中让爱情的火焰复燃吧！

　　要么就让其共灭吧！

　　老徐去香山饭店开辩有金属会去了，这个房就剩我一人，我的心的痛楚和混乱是无法形容的。快给我来信吧！

不被你爱的孩子的爸爸

1979年10月2日

1961 年

1962 年

1963 年

1964 年

1965 年

1966 年

1978 年

1979 年

1982 年

3月15日

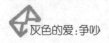

1982年3月15日

筱瑞:

　　你好!

　　我七日凌晨四点钟就在新化站下车了。矿里派车来接药,大约五点路过病者家门就把药送进去了。但这位离休的李局长是肺癌患者,都已扩散了。当天把针打了,一针42元,人到九日还是归天了,我同别人一样,算是尽到了对有功者的义务吧!

　　春节回家,我本来想借此机会短时期地照料家里孩子们生活,料理一下家务,我想,哪怕能一天减轻一点儿你的家务负担也是好的。但结果是总惹你生气、烦躁,对此我毫无法子,只有内心的无言的惨痛。天哪!从何说起,从何中断呢!?另外我主要还想把包袱结了,但时间不允许,而没有见到永德司长这

254

位领导。这里病危的领导需我办药，这是刻不容缓的任务，只好送药离京返矿了。

到这里后我向局领导和干部部门写了报告，汇报了我到部里见到各位的谈话，提出了要求：①让我申诉，要求必答复。②解决技术职称的晋升（因副书记说应在这里解决）问题。这里组织上答复，就两个问题分别向总局去两个函，要求明确答复。

另外，我口头向局纪委书记谈了情况后，他一方面说可叫干部部门联系反映；一方面又说，根据中央最近精神你这种事可能还得拖两年。什么精神我无法细问。我真不理解，难道"文革"错了十年，难道错者也要拖十年吗！

情况如何，等等再看吧！

至于当前我的政治态度，我觉得政治上在十年"文革"中确实错了，现在中央的路线和政策会使国家发展起来，人民生活会提高起来，许多地区农民的生活水平明显提高了。这一大转变中出现的问题，如

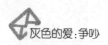

不少人"为我主义"至上，有的人以权谋私也正在解决之中。虽然十年"文革"我错了，但这不是我自己的野心和私心所致，我既不是扒手也不是赌棍，我以为毛主席、共产党不会错的，我紧跟了，在政治上、工作上，我没有为自己得到什么而打算过。这一点我也是向你申诉过，至于别的，我什么也不想向你作申诉，也无法申诉。

回到这里后，这里基建财务告我，又电汇款了150元，我已电告你党户口取回，当作家用算了，财务讲，电汇款不好退回，同意从每月工资中扣回30元。因而如款已取了，则叫亚干来信说一句，我好同意扣款。如未取，则好按时寄钱回家。

许道才出差到这里，找到我说是来看我。也不知何意？几年中我似乎觉得探访的"侦探"有几回了。如真如此，我实觉不敢当呀！天哪！我的神经实在应付不了，也可能是我的神经的产物吧！

李成珍主任见到我们也热情，我在总局见到她爱人在总局机关党委工作。

　难道我想今后争取回京工作来减轻你家务的负担，辅导孩子功课，你也不同意吗？至于其他我一切都尊重你不行吗？莉莉这孩子则根本不听我的，我一讲她就老师怎么说的、妈妈怎么说的、姐姐怎么说的！我真没办法。

就只杂乱写这些。

祝

保重

姜军瑞 愧草

1982年3月15日晚

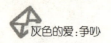灰色的爱:争吵

后记

这是一套"编"的书,但"编"却不易,所以要写个后记,为我能"编"此类书而表达谢意。

我要感谢复旦大学的校领导,2011年10月8日, 正是校领导的直接支持,我才有机会成立复旦发展研究院当代中国社会生活资料中心,启动搜集中国民间资料。感谢复旦发展研究院的领导与工作人员,他们一直全力支持中心的资料搜集工作。感谢复旦文科科研处在我缺少经费的时候,总是千方百计提供及时的帮助,确保书信的搜集一直没有中断。

我要感谢中国哲学社会科学基金会,他们为我的资料搜集工作立了2012年的国家重大项目(项目名"当代苏浙赣黔农村基层档案的搜集、整理与出版",批准号12&ZD147)。本丛书的出版是该项目的中期成果。

我要感谢上海斯加自动控制有限公司石言强先生与北京退休老干部蔡援朝先生,他们为资料中心打开了书信搜集的渠道。

我要感谢美国加利福尼亚大学洛杉矶分校人类学教授阎云翔先生,感谢他负责组建的国际学术委员会,国际一流学者

258

的参与将有利于书信的研究与解读。

　　我要感谢资料中心研究员李甜老师,他一手负责了书信搜集的具体工作,感谢我的博士生陆洋、郑莉敏,她们为书信搜集做了很多工作。感谢来自现哈佛大学博士生朱筠,她是最早的书信整理志愿者,这里出版的部分书信就是她输入的。感谢所有来自美国、中国的书信研究的志愿者们,你们的热情总是给我以动力。感谢上海著名的知识产权律师为资料中心提供的律师文件,为家书出版提供了法律支持。

　　我要感谢天津人民出版社的社长黄沛先生、副总编辑王康女士,感谢本书的责任编辑郑玥、特约编辑王倩,你们辛苦了!

　　最后我想说,这套书出版了,复旦发展研究院当代中国社会生活资料中心以及所有人这几年的努力都值了,因为这套书表达了我们的一个心愿:我们所做的一切,都只是为了那"永不消逝的爱"!

张乐天

2016年12月10日于沪